矢上教授の「十二支考」

森谷明子
Moriya Akiko

祥伝社

矢上教授の「十二支考」

目次

カバーイラスト／杉田比呂美
装幀／金台康春 (Laundry Graphics)

主な登場人物

矢上《やがみ》教授 ……生物総合学部日本古典文学担当非常勤講師。
御牧《みまき》　咲《えみ》 ……同学部生物資源学科専攻の学生。
種田《たねだ》忠雄《ただお》 ……こぶし野《の》町に住む咲の母の従兄《いとこ》で指物師《さしものし》。
　育子《いくこ》 ……忠雄の妻。
　由香里《ゆかり》 …忠雄の娘で和菓子屋金毘羅《こんぴら》堂勤務。
　翔《しょう》 ……由香里の息子。
竹浦《たけうら》嘉広《よしひろ》 ……こぶし野の豪族多気浦《たけうら》氏の末裔《まつえい》で当主。
　美也子《みやこ》 …嘉広の後妻。
　龍《りゅう》 ……嘉広と美也子の子。大手不動産会社の子会社勤務。
　卯津貴《うづき》 …嘉広と先妻の子。由香里の高校の先輩。
　菜摘《なつみ》 ……卯津貴の娘。種田翔と同じ保育園に通う。
日和田《ひわだ》創《そう》 ……卯津貴の亡夫で日和田建設前社長。
流田《ながれだ》健一《けんいち》 ……創の実弟で竹浦龍の勤務先の先輩。流田家に入る。
　千鶴《ちづる》 ……健一の妻で、卯津貴の大学の後輩。
赤兄《あかえ》 ……日和田建設現社長。

第一話　ネズミの靴《くつ》

御牧咲《みまきえみ》について、大学の友人は、「黙っていれば大和撫子《やまとなでしこ》に見える」と言う。母親は、「お前は化粧さえすれば、相当に化けられる」と言う。ご近所では「御牧さんのところのかわいいお嬢さん」で通っているし、バイト先の飲食店店長の評価は、「いやあ、いつもにこにこしていてくれてありがたいよ。客商売には愛想のよさが大事」というものだ。

つまり、状況と工夫と努力によっては天から与えられた素材以上の魅力を発揮できるということだろう。本人はそう解釈していて、どの評価もおおむね気に入っている。絶世の美女には生まれつかなかったけれど、笑顔は人に喜んでもらえるし、中肉中背《ちゆうにくちゆうぜい》の丈夫な体とかなりの好奇心――知的探求心も下世話なやじ馬根性も両方――を持ち合わせているおかげで、生物総合学部の講義や友人づき合いを含めた多忙な大学生活も楽しい。

御牧咲という人間は、ポジティブ思考で生きてきたのだ。

だから、これから始まる、いかにも日本の夏を満喫《まんきつ》できそうな田舎《いなか》暮らしにも、咲は相当にわくわくしていた。

私鉄の準急電車がその咲を下ろした駅のホームは、午後の白い日射《ひざ》しに直撃されていた。あたりは、やかましいほどの蟬《せみ》の声にあふれている。

東京にある我が家から二時間足らずで、これほど田舎然とした場所に着いてしまうとは。

咲は使い古したキャリーケースを引っ張りながら、ホームを進む。さすがは二十一世紀の日本、ちゃんとエレベーターが備えつけられている。これは進歩だ。咲の記憶の中では、この「こぶし野《の》駅」は典型的なローカル線のイメージそのまま、野ざらしのホーム一本と改札口があるだけで、そこを抜ければすぐに駅前商店街という造りだったのだから。

見違えるようにきれいになったこぶし野駅の改札階へ上がる。二本に増えたホームの上の跨線《こせん》橋《きよう》に、駅としての機能がまとめられていた。改札口は一カ所。でも、その正面にはコンビニエンスストアやファストフード店まである。

改札口を出た咲は、ちょっと迷って左右両側についている下り階段を見比《みくら》べた。駅が近代化してしまったせいで、自分の記憶が頼りにならないのだ。以前は迷うほどの設備もなかったのだが……。電車の進行方向を思い浮かべ、自分は北に向かうべきと判断して「北口階段」を降りる。

階段を降り切ってほっとした。目の前には以前とほとんど変わらない、人影の少ないロータリーが広がっている。その向こうは、こぶし野町の中心部——といっても半《なか》ばシャッターが閉まった商店街と残りはくすんだ色の住宅街——だ。

変わったのは、駅だけらしい。

最後にこぶし野に来たのは中学生の時だから、八年近く前になる。観光地でもない田舎町で、親戚の家がなければ、一生足を踏み入れない土地だろう。

実際、大学の友人は誰もこぶし野という地名を知らなかったほどの場所だ。

——こぶし野？　それ、どこにあるの？　聞いたことないんだけど。

そして咲が場所を丁寧《ていねい》に説明してもぴんとこない顔のまま、知らなくても困らない情報と判断されるようだ。実際、こぶし野には観光スポットも人を引き寄せる商業施設も、何もない。

だが、今の咲には切羽《せっぱ》詰まった事情があるのだ。だから咲はここに来た。

夏休みが終わろうとしている。イベントサークル主催の無人島合宿から疲労困憊《こんぱい》して帰って来たのが昨日の夜。咲はそのまま旅支度《じたく》を調《ととの》えて倒れこむように数時間睡眠を取った後、ここまでやって来た。関東南部、太平洋へ南に突き出している半島付け根部分の盆地にある、人口二万ほどのこぶし野町に。

こぶし野町は東京から見てちょうど南南西の方角に位置する。東京から一時間ほど下る、半島の付け根のトンネルをくぐってこぶし野町の東北東から入って南南西へと抜ける私鉄は、町の中心部からほぼ真南にあるこぶし野駅に停車する。なんだか、町の中心部を通るのを遠慮しているみたいに、線路はこぶし野の盆地のへりをぎりぎりにカーブしているのだ。

こぶし野は、そこそこ有名な観光地に囲まれた死角のような土地だが、この町に母の従兄《いとこ》の家があるのだ。咲はこれからしばらくの間、その家――種田家《たねだ》――に厄介《やっかい》になる。

理由は、涙ぐましいことに、研究のためだ。

一般教養科目「日本文学概論」のレポートを前期の最後に提出しなければならない。提出締め切りは九月の最終月曜日、テーマは自由。

さっぱりアイディアの浮かばなかった咲は、困った挙句《あげく》、南方熊楠《みなかたくまぐす》に目をつけた。

熊楠は、柳田國男《やなぎたくにお》と並ぶ、民俗学の巨人と言われているが、とにかく研究範囲が広い。著作は全集にまとめられているから、入手もしやすい。大学図書館所蔵の『南方熊楠全集』の目次とにらめっこした結果、咲は『十二支考《じゅうにしこう》』をレポートの柱にすることにした。博覧強記《はくらんきょうき》という言葉がふさわしい熊楠が、十二支の動物それぞれについて、持てる知識を縦横《じゅうおう》に発揮《はっき》している随《ずい》筆《ひっ》集だ。動物好きの咲にとって取っつきやすいだろう。

そういう目論見《もくろみ》だったのだが、いざ、『十二支考』をどれだけ熟読しても、何もアイディアが浮かんでこない。熊楠が思いつくままに繰り出してくるエピソードは面白いのだが、そういう作品の性質からして、まとまった論旨《ろんし》が見つけにくい。

困っていたある夜。考え疲れて自分の部屋で寝転《ねころ》んでいる時に、咲はふと種田家のことを思い出したのだ。蒸《む》し暑い夜、どこからともなく聞こえてきた虫の音《ね》と肌に貼りつくような畳の感触が、こぶし野の古い家で過ごした夏の記憶につながったのかもしれない。

――あのこぶし野という町、たしか十二支を祀《まつ》った神社にぐるりと取り囲まれていたはず。

都会では味わえない自然に恵まれた場所だと、小学生の頃は何度か遊びに行っていた。そんな時、蛍《ほたる》狩りや蟬採《と》りに連れて行ってもらうと、必ずどこかで神社に行き当たる。そして鳥居《とりい》の前で頭を下げさせられる。

「え、さっきもお参りしたよ?」

幼い咲がこんがらかると、忠雄《ただお》さん——母の従兄の名前だ——は、笑いながら言うのだ。

「これは、さっきのとはまた別の神社。こぶし野は、まわりをぐるっとこういうたくさんのお宮に守ってもらっている土地なんだ。十二の干支《えと》の動物たちが守り神なんだよ」

——そうか、十二支はそのまま十二の方角に当てられているもの。

十二支はいわずとしれた干支であるが、様々なシンボルとして根づいている。もともとは中国に端《たん》を発する思想であり、それを取り入れた日本人も、古来、時刻や方角を干支で表わしてきた。

方角と十二支が結びつけられれば、そこに守りの神が生まれる。仏教で言うところの十二神将だ。

——あのこぶし野の神社群は、十二支につながっているんだ。

咲は飛び起きて、こぶし野町のサイトを調べてみた。町役場の観光課が運営していたのは、やる気がなさそうなあっさりしたサイトだが、十二支の神社の紹介がされている。そこにあった情報が、咲の注意を引いた。

曰《いわ》く、室町時代に薬師如来《やくしにょらい》を本尊《ほんぞん》とする寺がこぶし野町中心部に創建された。そして守護神である十二神将はやや時代が下ってから、それぞれ独立した信仰の対象として町の外辺に配置された。こぶし野町は、十二の方角を守る十二神将に取り囲まれているのだ。ただし、例外がひとつだけある。十二のうち、なぜか丑《うし》の方角の神社だけが現存しない。サイト内にあったこぶし野の観光マップを見ると、十一の神社が十一の方位に明らかに意図的に置かれ、そしてぽっかりと北々東——丑の方角——だけが欠けている。

咲が食いつくには充分な情報だった。

なぜなら、南方熊楠の『十二支考』にも、「丑」の章だけが存在しないのだ。どうでもいいような偶然の一致にすぎないのだろう、きっと。しかし、その程度の偶然の一致にすがりつきたいほど、咲は行き詰まっている。

——これは、こぶし野町でフィールド調査するしかない。うまくすると、「丑を排除する日本人の精神性」という考察を深められるかもしれない……。

翌朝さっそく、咲は母に種田家の電話番号を教わり、八月の終わり頃からしばらく滞在させてもらえないかとお願いした。電話の向こうの忠雄さんと奥さんの育子《いくこ》さんは、二つ返事で承知してくれた。お子さんたちはみんな独立して、今は基本二人暮らし——近くに暮らす娘の由香里《ゆかり》さんは子ども連れでちょくちょく来るが——だから、いつでも、いつまでもどうぞ。そう言ってもらえたのだ。

というわけで、咲はここまでやって来た。

ところで、迎えの車はまだだろうか。

忠雄さんが車で迎えに来てくれるはずなのだが。

咲は自動販売機を見つけ、ペットボトルの麦茶を買うと、それを飲みながら忠雄さんの車を待つことにした。幸い、今降りてきた階段下の日陰にベンチがある。風通しは悪いが、日光をまともに浴びずにすむだけでもありがたい。

腰をおろすと、睡魔《すいま》が襲ってきた。

ここまで着いたことにほっとしたし、何より合宿直後で連夜の睡眠不足と疲労がたたっているのだろう。

蒸し暑い。汗が後ろの首筋を流れている。

美容院のカットクロスを体に巻きつけられているせいだ。咲はこれから髪を切ってもらうところだ。

——あれ？　どうして美容室に来たんだっけ。別に髪を切りたかったわけでもないのに。

でも、この匂《にお》いはまぎれもなく美容室だ。髪を切ってもらうのだもの。いや、ちがう。咲は切ってほしくない。でもこのままでは切られてしまう……。

——いいえ、このままで結構《けっこう》です、もう帰らせてください。

そう頼みこもうとした咲は、美容師の顔を見て、すくみあがった。咲の前に立ちはだかっているのは美容師さんではない、仁王《におう》様みたいなこわい仏像だ。その仏像が咲に向かって鋏《はさみ》を振りかざしているのだ。ええと、これは資料画像で見た、神将像のひとつではないだろうか、ああ、名前が出てこない……。

そのこわいなんとか神将が、咲をしかりつける。

「ちゃんとしているように、気をつけてよ？」

——あ、あの、私、何をちゃんとすればいいんでしょうか？

と思ったところで、咲は目が覚めた。

だが、こわい声はまだ続いている。

「……じゃあ、先に行くわよ。三時には出ないと間に合わないから、気をつけて。いい、乗り遅れないでよ？　それと絶対に目を離さないでね、ちょろちょろしてすぐにどこかに消えちゃうんだから」

ベンチに座りこんでまだ半分眠りながら、咲はうつらうつらと考える。

——ああ、変な夢を見た。それにしても、この暑いのに大変だな。電話の相手は後から出発する人で、この人と、どこかで待ち合わせるらしい。それに、世話が面倒くさい誰かを連れて来なければいけないらしい。

「ああ、それから、ネズミの靴《くつ》も忘れないで持って来てよ、いい？」

またこっくりこっくりし始めていた咲の首が、しゃんとした。ぱっちりと目が開く。すぐには理解できない言葉を聞いたせいだ。

ネズミの靴も忘れないで持って来てよ、いい？

咲は、声の主を確認しようとした。咲のそばに立っているのは一人だけだ。

居眠りしていた時のうつむいたままの姿勢なので、まず目に入ったのは黒い靴だった。相手に悟《さと》られないように、ゆっくりと目だけを上に動かしてみる。黒い靴に続いていたのは、枯草《かれくさ》色の楽そうなコットンパンツ。徐々に顔を上げると、その上はたっぷりした体を包む、ベージュの半袖《はんそで》ニットだった。脇のあたりが汗でかすかに色濃い。それから、肩まで垂《た》れるヘアスタイルの、年配の女性の顔が目に入った。

声からも、女性だと察しはついていた。咲の母親より年長に見える。咲が腰かけているベンチの端に黒革《くろかわ》のハンドバッグを置いてその前に立ちはだかり、バッグの中に携帯電話をしまうところだった。それからバッグを持ち、傍《かたわ》らに置いていたくすんだ色の小ぶりのキャリーケース――咲のものよりも小さめだ――を引っ張って、咲が降りてきた階段とは別の方角に向かう。彼女が立てるカツカツという靴音が、眠たげな空気の中に響く。なおも目で追っていくと、女性は駅へと上がるエレベーターに向かうのがわかった。モーター音がかすかにうなり、やがて女性はエレベーターの箱の中に消えた。きっと改札へ向かうのだろう。

また一人になった咲は、あくびをしながら今の言葉を反芻《はんすう》した。

ネズミの靴も忘れないで持って来てよ、いい？

さて。どういう意味だろう？

「ネズミ」とは「ねずみ色」のことだろうか。でも、色名としてはあくまで「ねずみ色」と言うし、「ネズミ」と省略するのはあまり聞いたことがない。「灰色」とか「グレー」とかに言い換《か》えそうな気がする。

あるいは、マスコットキャラクターとしてのネズミのことであるならば、単にどんな靴かの説明ということになる。そんなキャラクターつきの靴となれば、履《は》いているのは小さい子どもではないか。

だがそこで、咲は考え直す。外出するなら、その子どもだってちゃんと靴を履いているはずだ。持ち主の人間抜きで靴だけが移動するシチュエーションというのは、ありそうにない。仮に怪我をしてギプスをはめているとか車いすに乗っているとか、とにかく移動中靴を履かない場合はあるだろうが、それなら、別途靴を必要とするはずもないのだから。

となると、「ネズミの靴」は人間のものではないのだ。

それに、咲は女性がその前に発した「すぐにどこかに消えちゃうんだから」という言葉も思い出していた。すぐにいなくなるという属性は、動物のネズミにふさわしい。

つまり、問題の靴は「人間ではないネズミ」の所有物という解釈ができる。しかし、ペットブームが盛んな今どきでも、ネズミにまで靴を履かせるとは、聞いたことがない。

咲は大学の研究棟で飼育されているマウスを思い浮かべながら考える。

あの小さなマウスの足に靴を履かせても、あっという間に脱げてしまいそうだ。そもそも、マウス用の靴なんてどこにも売ってなさそうだし。じゃあ、手作りか？　だが、なぜネズミに靴を履かせる必要があるのだろう？

夏の旅行にペットを連れて行くことはあっても、移動中、特に公共の乗り物の中ではペットはケージに入れるのが一般的だ。ましてやネズミのような、小さくて飼い主の指示どおりに動かない生き物なら、当然動きを制限しつつ安全を確保できるようにケージに入れるはずだ。

外を歩かせることがありそうなのは、猫なり犬なりウサギなり、そこそこの大きさがあり、したがってそれなりに太くてしっかり靴を留《と》めつけられる足を持つ生き物だろう。

と、そこまで推理してみても、なんだか無理がある。猫や犬やウサギにわざわざ「ネズミ」と名づけるのも相当変わったユーモアの持ち主だと思うが、それはさておき。

外を歩かせる——熱い地面から足を保護する必要がある——ような生き物なら、外へ出た時から靴を履いているはずだ。人間と同じこと。となると、わざわざ靴を持って来いという指示とは、対象が人間でなくても矛盾《むじゅん》する。あの女性の言葉は、靴とその靴を履く主体とが、別々に移動していることを示唆《しさ》すると思うのだが。

考えられるのは、今の女性が「ネズミ」を実際に持ち運んでいて、その靴を後から持って来いと言っている場合だが、今の女性はネズミも、どんな種類のペットも、連れていなかった。ごく普通の格好で、持ち物はごくオーソドックスなハンドバッグと小ぶりのキャリーケース。あのケースの中にマウスのケージくらいなら入るだろうが、真夏の真っ昼間、あんな小さな密閉空間に生き物を閉じこめるはずがない。あっという間に脱水症か熱中症で死んでしまう。

——行先に「ネズミ」がいて、今の女性は後続部隊にそのための靴を持って来いと指示していたのかな。たぶん齧歯目《げっしもく》の大きめの動物、モルモットレベルが。いつもはケージ飼いだけど、あの女性は気まぐれに外を散歩させたいと思っているとか。または、室内飼いの猫。彼女がひねくれたセンスの持ち主で「ネズミ」と名づけているなら。

咲はそう思いついた。なかなかレアなケースだとは思うが、この推理ならば一応筋は通る。どこだか知らない目的地で、今の女性がちょこまか動くモルモットまたは猫に靴を履かせて散歩させている図が浮かび、咲は思わずにやついた。

その時だ。

派手なクラクションに顔を上げると、記憶より白髪《しらが》としわの増えた忠雄さんが、にこにこして軽トラックの窓から手を振っていた。


こぶし野町は、前述のとおり、十一の神社に十一の方角を守られた中に位置している。日本列島の片隅《かたすみ》から南へ延びる半島の付け根にあるため、ほぼすべてを山に抱《いだ》かれている格好だ。一番開けているのは西側で、東海道《とうかいどう》からの枝道——地元では江田《えだ》街道と呼ばれている——に通じている。

西から江戸へ下る東海道そのものは、こぶし野町をよけるように、町の外側で東北へ向きを変え、他の都市をつないで江戸日本橋《にほんばし》まで続いていた。江戸が東京と名を変えて交通網が発達すると、鉄道も敷かれた。だが、こぶし野町は首都圏の発展にさしたる恩恵を受けることもなく、と言って取り残されるほどのこともなく、ゆるやかに歴史の片隅で生きてきた。

種田家はそのこぶし野町の南西部分にある。

「まあまあ、咲ちゃん、ずいぶんきれいになって。よくまあ、東京からわざわざ来てくれたわねえ」

にこにこと迎えてくれた育子さんに、母から言い含められたとおりに手土産《てみやげ》を出して挨拶《あいさつ》する。

「お久しぶりです。このたびはご厄介になります。何でもお手伝いしますので、どうぞよろしくお願いします」

「まあまあ、ちゃんと挨拶もできるようになって」

まるきりの子ども扱いだが、仕方ない。この前、種田家にお邪魔したのはまだ中学生になりたてで、法事の時だ。親戚一同がごった返す騒ぎの中、咲は子ども組に入れられて末席側だったのだ。

使っていない部屋がたくさんあるから好きなところを使って、と言われ、咲は遠慮なく、二階の東側の三畳間を選んだ。育子さんを手伝いつつ夕食、入浴をすませてその部屋に落ち着いてから、寝る前にもう一作業しようかと、キャリーケースの中からパソコンを取り出す。

だが、レポートのファイルを開けても、アイディアは何も出てこない。かわりに浮かぶのは、昼間の駅で聞いた言葉ばかりだ。

咲はメールソフトを開き、指導教員である矢上《やがみ》教授に報告メールを書き始めた。

咲が在籍する生物総合学部になぜ「日本文学概論」「日本文学要説」その他、日本古典文学に関する科目があるのかは、長年の謎とされている。だが、一般教養科目の一環にすぎないし、別に害もないという理由からか、毎年残り続けている。生物総合学部にあるくらいだから、講義内容も日本文学にまつわる非常にざっくりとした雑談のようなものだし、年二回のレポートを提出すれば必ず単位は取れるとあって、学生の間で、これらは代々楽勝科目として受け継《つ》がれている。

それらの科目を担当する矢上教授は、実は非常勤講師という待遇でしかない。だが、一目見れば誰でも「教授」と呼びたくなるような風貌《ふうぼう》の持ち主だ。やや太り気味のがっしりした体格で、見事な白髪に眼鏡《めがね》姿。

ミステリが大好きな咲は、矢上教授を見た時、即座にディクスン・カーが描くギデオン・フェル博士を思い浮かべてしまった。今ではカーを読んでいても、フェル博士がそのまま矢上教授の姿で登場するほどだ。

しかも、矢上教授は咲などとは比べ物にならない、筋金入りのミステリ愛好家なのだ。非常勤講師でしかないくせになぜか一室与えられている矢上教授の研究室は、本の山に埋め尽《つ》くされている。そして、その半分以上がミステリというありさまである。

今回、前期の課題としてレポート提出（内容は自由）という、大変自由度の高い課題を出したのも、この矢上教授なのだ。

できれば、レポートの途中経過報告と今後の指針となるアドバイスを乞《こ》うような内容のメールにしたいのだが、なにしろ、咲のプランはほとんど白紙状態のままだ。

何か書くことはないかと考えるうちに、咲は、駅で出会った「ネズミの靴」の謎について、つらつらと書いていた。こういう、「どうでもいいけどやっぱり気になるちょっとした謎」について語る相手としては、矢上教授ほどふさわしい人はいない。

たまたま漏《も》れ聞いた見ず知らずの人の会話の断片から、発せられた言葉の背景を推理する。これは、ミステリ愛好家にとってたまらないネタである。

このジャンルでの有名な作品に、ハリイ・ケメルマンの「九マイルは遠すぎる」という短編がある。主人公の相棒は、とあるレストランのレジで、見知らぬ人間が「九マイルもの道を歩くのは容易じゃない、ましてや雨の中となるとなおさらだ」と言うのを耳にした。この言葉の前後のつながりも、発した人間の人となりも、一切《いっさい》わからない。わかっているのはこの言葉だけ。

さあ、これだけの材料から、何が推理できる？

咲が聞いた言葉も、条件としては「九マイルは遠すぎる」の設定と非常に似通《にかよ》っている。

矢上教授なら、こういう謎解《と》きは大好物のはずなのだ。

咲は事実をくわしく列挙した後で、自分なりの一応の結論をつけ足した。


――私が一番しっくりくる仮説は、問題の女性の行先に「ネズミ」と名づけた動物が待っていて、その後一緒に行動する、というものです。考えられるのは齧歯類のモルモットみたいな種類か、または猫か。今その動物は屋内にいるけど、女性が合流したあとは屋外に出ることもあるんでしょう。そういう小動物だったら、いつもは室内飼いだからあらためて靴を用意する必要があるだろうし、あの女性が「すぐにいなくなる」と言っていた特徴とも合致します。隅っこや高いところに入りこんで姿が見えなくなったりするのは、よくあることでしょう。

なにしろ真夏のこの時期ですから、外に出す時には足を守るための靴が必要なんでしょう。今はペットグッズがものすごい広がりを見せていますから、そういう動物用の靴だってあるんじゃないでしょうか。実際に靴を履いて散歩する犬は、結構見たことがありますし。

あと、「ネズミ」を犬ではないと推理したのにも根拠があります。だって犬なら、散歩は日課ですから、すぐ近くに靴もあるか、ずっと靴を履いたままでいるかのどちらかの状態でしょう。つまり靴だけが別個に移動することはない、したがってあえてあとから持って来てもらう必要もないはずです。

それに犬なら、すぐにいなくなったりはしません。飼い主が呼べば来るはずです。でも、犬と違って、猫やモルモットは自由気ままな印象がありますし、犬ほどおとなしくは散歩しないんじゃないでしょうか。なんと言っても気まぐれの代名詞みたいな生き物ですから。

だから「ネズミの靴」が必要なのは、屋内で、日常的には外出しない飼育をされている、たまの外出には特別に靴が必要になる、ネズミや犬以外の小動物（代表的なのはモルモットや猫）。

以上が私の推理です。

長々と書いてしまったことに気づき、咲はこうしめくくった。

――『十二支考』からずいぶん外れたことを書きましたが、おかげでネズミの特徴も少し整理できた気がします。熊楠が古今東西の伝説から引っ張ってくるネズミのイメージの多様性もわかるような気がしました。

いかにも後づけの理屈だなと思いながらも、咲はそのメールを送信し、種田家の一室で眠りについた。

戸外から聞こえてくる虫の声がやかましかった。

翌朝。驚いたことに、矢上教授から早速《さっそく》の返信があった。熊楠の年譜についてのざっくりした解説の後、追伸として、こうあった。

――「ネズミの靴」を要求した女性について。服装と持ち物をくわしく教えられたし。特に、靴とカバンについて。

どういうことだ、これは？

咲は首を傾《かし》げた。

彼女の身なりなど、一度寝たら記憶がぼやけてしまった。ごく普通の、地味な色の上下。特別めかしこんでもいなかったし、記憶に残るほどみすぼらしくもなかった。暑いさなかに移動するならこのくらい楽でなくては、と素直に納得できるようなラフな格好だった。

教授が特に知りたがっている靴とカバンについて言えば、靴はたしか黒かった。たぶん、ヒールつき。かばんは黒いハンドバッグと小ぶりのキャリーケース。

以上のような内容を返信してから、咲は、さて今日は何から始めようかとぼんやりと考えた。

とにかく、町の図書館でこぶし野町についての資料を集めるべきだと思ったが、調べてみると、あいにく今日は休館日だ。しかたない、考察の出発点として、十一の神社を回ってみよう。

育子さんが掃除洗濯をこなすのを手伝い、お昼ご飯はいりませんと断わって、咲は借りた自転車で種田家を出発した。

咲が自転車を北の方角に向けたのは、物の順序として「子《ね》の神社」から回ろうかと思ったからにすぎない。だが、そこには「ネズミの靴」についてのぼんやりとした推理も影響していたのかもしれない。

ひなびた味わいの神社の門で一息ついている時だ。携帯電話が鳴った。なんと、発信者は矢上教授だった。

矢上教授から電話をもらうなど、今年度に入って初めてではないか。なんだか胸騒《むなさわ》ぎを覚えながら電話に出る。と、予想に反して教授の声はのんびりしていた。

――二通目のメールを読んだ。だが、もう少し、その女性について聞きたい。どんな印象を持った？

「うーん、なんだかこわい人でした。その直前に、髪を切られそうになるこわい夢を見ていたせいで、そう思っただけかもしれないですけど」

――なんだ、その夢は。

「夢ですから、合理的説明なんてできないですよ。親戚の人が迎えに来るのを駅で待っているうちにベンチでうとうとしちゃって、暑かったせいか、首にカットクロスを巻きつけられて仁王様みたいなこわい仏像に髪を切られそうになる夢を見ていたんですよ。それだけです。で、女性の電話する声でその夢から起こされて、例の『ネズミの靴』云々《うんぬん》もそのあとに聞いたっていうわけです」

——では、夢のことはいったん措《お》いておこう。おぬしの言う、「ネズミ」がモルモットというのはともかく、猫のことだというのは少々突飛《とっぴ》な発想だと思ったのだが。

「でも、なんだかその女性、猫に『ネズミ』ってつけそうな気もしたんですよね」

——その印象は面白いな。なぜそう思った？

「うーん、なぜと言われても困ります。うまく説明できません。なんとなく、ちょっとひねくれたネーミングをしそうに感じた、としか言いようがないです」

——ふむ。

一瞬矢上教授はちょっと沈黙した。そのあとでこんな質問をした。

——ところで、その発言者の女性の服装については、どう感じた？

咲は記憶を掘り起こそうとする。

「だから、あまりそこには注目してませんでしたからねえ……。普通の、中年のおばさん。一言で言うとそんな感じです。別にブランド物を着ていたわけでもないし、みすぼらしかった記憶もないです」

——スカートだったか？　ズボンか？

「教授、最近は『ズボン』なんて言わないんですよ。パンツスタイルです。ただしかにあの女の人が穿《は》いていると『ズボン』っていうほうがぴったりくる感じではあったけど。そう、ぼんやりした色のズボンだったかな……。穿きやすそうで動きやすそうで、長時間乗り物に乗っていても疲れないだろうなって思いました。トップスはたぶん、コットンニットの半袖。うん、つまり全体として、中年女性が旅行する時にいかにも選びそうなものです」

――なるほど。ではもうひとつ。その女性の履いていた靴についてだ。色は黒でヒールがあるということだが、色はともかく、ヒールのあるなしまで細かく観察できたのか？

咲はまた頭をひねる。

「ああ、そう言えば私、そんなにじろじろ見たわけじゃないんですよね、どうしてそう思ったんだろう……。あ、そうだ、わかった。駅のほうへ去っていく時に、カツカツと靴音がしたんです。だからヒールがある靴だと無意識に考えていたんだと思います」

――やはりな。

「え？　どういうことですか？」

そこで教授は口調を改めた。

――だとすると、わしにも別の可能性が浮かんできたぞ。「ネズミ」はモルモットや猫ではない、いや動物でもない。ついでに、キャラクターその他の非生物でもない。人間だ。

「人間？　それはありえないでしょう？　だって、問題のワードは『ネズミの靴も忘れないで持って来て』ですよ？　人間だったら、外出の時、誰だって靴を履いているでしょう？　まだ歩けない赤ちゃんなら別かもしれないけど、彼女の言う『ネズミ』は自力で動き回れるんです、『すぐにどこかに消えちゃう』んですから。だから、赤ちゃんじゃありません。自力で歩ける人間の靴をわざわざ持って来いなんて、指示する必要はないじゃありませんか」

——本当にないだろうか？

「え？　じゃあ、靴を履いている人間が、履いている靴のほかにもう一足わざわざ持って行くんですか？　旅行するのに？　靴って意外にかさばりますよ。あの女性、ごく気軽な小旅行っていうようないでたちだったし、後から来る人も同じような旅支度のはずでしょう。わざわざ靴をもう一足必要だなんて考えるでしょうか？」

——時と場合によっては必要があるのだ。

「まあ、そりゃあそうですが。旅行先で山登りするとか海遊びするとか、特殊な装備が必要なのかもしれませんものね。でも教授、女性は旅行者としてはかなり荷物が少なかったんだから、同行者だって同じような旅支度と考えていいでしょう。まあ、可能性としては同行者だけがアウトドアを楽しんであの女性はずっと宿でくつろいでいるとか、そういうのはいくらでも考えられますけど」

——これはあくまでも言葉遊びのたぐいだから、例外を挙《あ》げていけばきりがない。だから、こういう言葉遊びの常として、条件をつけよう。女性と電話の相手、そして「ネズミ」は合流後に同じ行動を取ると。

「了解です。じゃ、その条件下でも、『ネズミ』にだけ履いているものとは別の靴が必要である場合が考えられますか?」

——わしが考えついた仮説は、御牧の描写したその女性の服装がヒントになったものなのだが。

「だから、ごく普通の気軽な旅行用の服装に見えましたって。お手軽な大きさのキャリーケースを引っ張っていて」

——しかし、靴音がしたと言っていただろうが。通常、旅行する女性は底の柔らかい、歩いていても疲れない靴を選ぶぞ。しかも御牧は、靴の色は黒だったと言ったではないか。

「はい。それが?」

——黒くて底の硬い、ヒールのある靴。それはつまり、礼装用の靴だ。

咲ははっとした。矢上教授の言葉は続く。

——そういう靴では、旅行中、楽ではない。にもかかわらず、女性は疲れやすい靴を選んだ。そして、靴以外の服装はラフだという。つまり、旅支度を調えた女性が、礼装用の靴とくだけた服でこれから電車に乗るわけだ。女性の移動の目的が絞《しぼ》られてこないか?

咲の脳裏《のうり》にもひとつの仮説が浮かんだ。

「それはつまり、これからかしこまったイベント、たとえば冠婚葬祭の行事なんかに出席するということですか?」

——もうひとつ、傍証《ぼうしょう》がある。御牧がその直前、美容院で髪を切られそうになる夢を見ていたということだ。

「すごく蒸し暑い場所でうたたねしていたんで、美容院でカットクロスを巻きつけられているような錯覚をしていたんだと思いますが」

――御牧の感覚に訴える、ほかの刺激もあったのではないか？　具体的に言うと、嗅覚《きゅうかく》だ。

「嗅覚？」

――わしも、うちの者が美容院から帰って来ると、すぐにわかる。何と言うのか知らないが、独特な匂いを髪の毛からさせているのだ。

咲は思わず膝《ひざ》を打った。

「ああ！　そうだ、今気づきました、あの女性からパーマ液の匂いがしていました！　だから私、美容室に自分がいる夢を見たんですね、なるほど」

――そして、年配の女性は冠婚葬祭前、お決まりのように美容室で髪を整えるな。正直な話、あの印象的な匂い以外、どこがどう変わったのかわしにはさっぱりわからんのだが、彼女らにとっては大事な段取りらしい。まったく、彼女らはどうしてあの手の行事には必要以上に張り切るのか……。すまん、話題がそれた。わしが言いたいのは、その女性も美容室へ行った直後だったのではないかということだ。ひょっとすると美容院からそのまま駅へ向かったのかもしれんな。ところで、もうひとつ、わしがたまたま知っている情報をつけ加えると、昨日は先負《せんぶ》。そして今日は仏滅《ぶつめつ》なのだ。

「よくご存じですね」

――こちらにも野暮《やぼ》用があるせいで知っている。以上から推理するに、その女性はこれから電車に乗って通夜に出席するところだったのではないだろうか。御牧が聞いた、電話相手が出発する時刻は午後三時。午後六時なり七時なりの通夜に出るとなれば、それから一、二時間移動したとしても無理がない。女性にとってどうしても出席しなければならない間柄の誰かの弔問《ちょうもん》だとすれば、翌日の告別式まで拘束《こうそく》される。当然一泊二日の小旅行となる。だから移動中は楽な服装にして、喪服と一泊の旅支度をキャリーケースに詰めた。だが、靴は、御牧の言うとおりにかさばるものだ。そこで靴だけは喪服にふさわしいものをあらかじめ履いてきた。

「よくわかりました。だったら、『ネズミ』が動物じゃないというのは納得がいきます。お葬式にペットを連れて行くのは、非常識すぎますから。でも、『ネズミの靴』が履いている靴とは別に必要というのは、やっぱりわかりません。誰だって、葬儀用の靴を履いて行けばいいでしょう?」

――さっきも言ったとおり、礼装用の靴というのはえてして硬く、歩きにくい。大人ならば仕方がないと我慢することでも、子どもは我慢しない。

咲ははっとした。ちょろちょろする、すぐにどこかに消えてしまう「ネズミ」。

――その葬儀に、関係者――たぶん親族――として、小さな子どもも列席しなくてはならないのではないか? 女性は手伝いなりなんなりのために先行する。電話の相手は「ネズミ」を連れて、あとから来る。「ネズミ」の喪服は持参するとして、うっかり忘れかねない黒い靴もちゃんと持って来いと念を押したのさ。移動中には子どもの足に慣れたお気に入りの運動靴がよいが、正装にそういう靴では、いでたちがちぐはぐになってしまうからな。子どもがむずかると厄介だから、移動中は楽な格好をさせるに限る。彼女らはそう考えたのだろう。

咲は感心して立っていた。

——ただ、その女性と「ネズミ」の関係は気になるな。

「お母さんではないでしょうね」

あの女性は、小さい子どもの母親にしては、少し年を取りすぎていた。

——「ちょろちょろしてて」という言い方もどうかと思うし、何よりも、幼い子どもを「ネズミ」呼ばわりする人間。今どきはネズミについて、害獣であるとかいうような否定的な見方は少なくなったかもしれないが、まあ、かわいくてたまらない、愛してやまない対象を「ネズミ」と呼ぶことはしないだろう。

咲は大きくうなずいた。

さすが、矢上教授。咲の聞いた言葉から、合理的な推論を導《みちび》き出した。今の教授の推理は、事実ではないかもしれないが、謎解きとしてなら立派に成立する。「九マイルは遠すぎる」的ミステリとしては、十分な解だ。

——まあ、こういう推理ゲームの常として、わしのこの結論もたぶん実相とはかけ離れているのだろうがな。

「それは言わないことにしましょう、こういう推理ゲームの常として。ところで教授、私、教授の説明を聞きながら、もうひとつ別の推理をしていたんですが」

——何だ？

「教授、今回はやけに早く返信が来ましたね。いつもは学生からのメールにまめな返信なんかしないことで有名なのに」

——わしだって、いつもずぼらを決めこんでいるわけではないぞ。

「そうですか？　私の昨夜のメールは、単なる報告程度で、全然緊急じゃなかったし、そのまま読み流してもいいようなものでしたけどね。まあ、それについてはいいです。それよりびっくりしたのは、この電話ですよ。私、教授から電話もらったのなんてすごく久しぶりですから、一瞬ぎょっとしましたよ。何が起こったのかと思いました」

——御牧、何が言いたい？

「教授、今、そちらで何かいやなことでもあるんじゃないですか？　だから、それから逃げるために私とこうやって長電話している。携帯電話を耳に当てて小難《こむずか》しい顔で話しこんでいたら、結構いろんなことをやり過ごせますよね。たとえば面倒くさい人間が話しかけてきそうだとか、何かやりたくないことを押しつけられそうだとか、そういう時に『今手が離せない』ふりができる」

電話の向こうが沈黙している。咲はさらに続けた。

「教授、たまたま野暮用があるせいで、今日は仏滅と知っているそうですね？　それに、すごく実感を持って、冠婚葬祭に張り切る女性たちのこともこぼしていたし。あと、美容室帰りの女性の髪の匂いについての感想も、妙にリアルでしたね。ね、ひょっとして、教授も今、そういうイベントに駆り出されているんじゃないですか？　失礼ながら私とこんなどうでもいい推理ゲームをしているくらいだから、気持ちに余裕はあるわけですよね。となると、葬儀なんかではないでしょう。今日が仏滅ならお祝いごとでもない。残るは法事とか……」

その時、電話の向こうからかすかなざわめきが聞こえてきた。

——そろそろお寺さんがいらっしゃるわよ！

咲は思わずにんまりとして、教授にたたみかけた。

「教授、そろそろ電話を切ったほうがいいんじゃないですか？　お寺さんがいらっしゃるんでしょう？　ハイテンションな女性にこき使われるのを避けるために私に電話してきたのだとしても、あんまり長いとその女性にしかられますよ。時間つぶしの相手に私を選んでくださったのは、光栄と思うべきなんでしょうか。でも、まあ、ほかに思いつく相手がいらっしゃらなかったんでしょう。今は夏休みですし、もともと大学の学務課なんかとは縁遠い教授には、仕事上の電話もほとんどかかってこないでしょうからね。でもいい加減《かげん》に、油を売ってるのも切り上げたほうがよくありません？」

矢上教授が、うなるような声で返事をした。
——妙なところまで気を回さんでよろしい。
そのまま電話は切れたが、最後にかすかに聞こえてきたのはこんな声だった。
——姉さん、すぐ行くから、そうわめかんでくれ。
咲の推理はかなりの程度まで当たっていたようだ。

第二話　「虎」の武勇伝

立秋はとっくに過ぎているのに、今日も暑い。

埃《ほこり》っぽい道は強烈な照り返しとなり、熱を発している。蟬はやかましく鳴いている。木陰に入れば少しだけ息がつけるが、すぐにまた容赦《ようしゃ》ないひなた道に出なければならない。道端《みちばた》の草もしなびて見える。

アサガオの花もとっくにしぼんだ昼下がりだ。

そんな晩夏の景色の中を、咲は自転車を飛ばしてこぶし野町を探索している。日焼け止めや麦わら帽子で対策しているものの、このフィールド調査が終わる頃には、相当に日焼けしているだろう。

咲がそもそもこぶし野に目をつけたきっかけの十一の神社は、回ってみてもどれも特徴がよくわからない。ひとつの神社を出て、神社同士をつなぐ道路——やっと自動車同士がすれ違える程度の、もとは農道だったとおぼしい田舎道——を行くと、別の鳥居が忽然《こつぜん》と道端に現われる。木造の古さびた鳥居の向こうは、両側に砂利《じゃり》を敷き詰めた参道で、鳥居と同じ材で作られた社殿につながっている。社殿の前にはこれも古い賽銭箱《さいせんばこ》。

そこに立っても、社殿の中に祀られているご神体はよくわからない。社域はそこそこ広いのだが、ほかに目立つ建物もなく、あたりは緑濃い木立と蟬の声に包まれている。どれもこぢんまりとしつつも、時代色がついてなかなか風格がある神社だ。だが、とにかく似通っている。むしろ、すべて等質であることが特徴なのではと思うほどだ。建築様式も同じ、置かれた年代も十六世紀の中頃から末と、あまり差がない。

咲ががっかりしたことに、欠けている丑の神社も、一度は存在していたようだ。

もともとは十二の神社がそろっていたものの、丑の神社だけが十七世紀の初頭に消えたらしい。歴史上の建造物が消えたとなると、通常は火事による焼失が一番ありそうに思えるが、なくなった経緯については何も見つけることができなかった。

ただ、ある時代までは古地図に十二の神社があったものの、江戸期の地図や記録からは丑の神社がなくなっているという事実はたしかなようだ。その消失自体にも曰くがあるのかもしれないが、もともと丑の神社を建立《こんりゅう》しなかった場合と比べて、先人の意図は感じにくい。

だが、残りの十一の神社を見ているうちに、咲は、むしろ神社に取り囲まれているもののほうが面白いのではと思うようになってきた。十一の神社に取り囲まれているもの。つまり、こぶし野町だ。地味なたたずまいとはいえ、十一もの神社に守られている町。それほど大事に守る重要なものが、この小さな町にあるのか。人口もさほどではない。過去のどの時代にも、華々しく栄えたという記録もない。目立つほどの産業もない。

ただし、歴史は古いほうだろう。関東地方にあって十五世紀からほぼ今の形を保っていると言えば、十七世紀初に始まる徳川《とくがわ》の世よりよほど古いことになる。

考えれば考えるほど、歴史から取り残されたようなこぶし野町そのものが面白くなってきた。

というわけで、咲は今、こぶし野町立図書館に向かっている。こぶし野町の中心部ともいうべき一画にある町立図書館は、これまた古そうだ。かろうじて鉄筋コンクリート製ではあるものの、床は板張り、いかにも後づけしましたという風情《ふぜい》のスチール製書架に色あせた蔵書が並んでいる。

夏休みの課題に追われているらしい学生たちにまじり、咲は閲覧室《えつらん》の古い木製テーブルで今日もこぶし野の郷土資料を広げた。

ところで、こぶし野の歴史を調べ始めてすぐに目についた名前がある。

多気浦《たけうら》氏。

こぶし野の歴史の最初に登場する豪族で、つまりはこぶし野にいつの頃からか定住していた一族のひとつらしい。それが十五世紀初めのことだ。一ページを割《さ》いて、連綿《れんめん》と続く家系図もあった。一番上に書かれた名前は嘉太《よしたか》。その下に実線で嘉国《よしくに》。嘉国の息子が二人。以下も枝分かれした線が子孫をつないでいく。ところどころやや細い実線が混じるのは、養子だそうだ。国文学や歴史の参考書によくある家系図である。多気浦氏の歴史の古さはわかるが、書かれた名前からは、それぞれの人物の人となりを思い浮かべることはできない。

多気浦氏の台頭《たいとう》以前、このあたりは半島一帯が都の貴族の荘園であった。時代が下ると都からの支配を脱した小さな豪族たちがしのぎを削り、鎌倉《かまくら》幕府が興《おこ》った後は幕府に本領安堵《ほんりようあんど》されようと御家人《ごけにん》たちがせめぎ合い……というお決まりの流れの中、多気浦氏がこぶし野の盆地を占拠《せんきよ》するようになったということのようだ。

そのあたりは『こぶし野の歴史』という本でわかったが、江戸時代以前のことはくわしく書かれていない。まあ、大きな歴史の流れの中では「やがて幕藩体制に組みこまれました」の一言で片づくほどのこととも言える。同じようなケースが、スケールの大小や年代の違いこそあれ、日本中にあったわけだ。例外と言えるのは、現在の北海道や沖縄くらいで。

江戸時代以後も、こぶし野にはさしたることは起きていない。旗本《はたもと》や御家人の知行地《ちぎようち》になったり天領の一部に組みこまれたり、支配体制に移り変わりはあっても、どこまでたどっても目立つ動きがないのだ。

これが大名家の支配下となれば、各大名のカラーが反映したり、独自の文化が発展したりもする。伊達《だて》家や前田《まえだ》家や島津《しまづ》家や、江戸時代に花開いた大名文化はさまざまある。そうした大名家の歴史とともに、真偽はともかく伝説のたぐいも伝承される。

しかし、直轄地《ちよつかつち》はあくまで幕府のためのものなので、江戸から派遣された行政官のもと、住民は淡々と生業《なりわい》にいそしみ、幕府やその直参《じきさん》のための収入源として機能していた。

つまりは、まったくドラマチックではないのだ。こぶし野には傑出した人物も出ず、富を集めるほどの経済的拠点も作られず、一揆《いっき》も起きず、無風のまま明治に突入した。そして、あくまでも平和な地方自治体として、昭和に入っていく。

『こぶし野の歴史』を編纂《へんさん》した人も、途中で退屈して投げ出したくなったのではないだろうか。なにしろ、こぶし野はずっとこぶし野のままなのだ。二十世紀末からの一時期、全国を揺るがした市町村合併の大波さえ、こぶし野を無視して過ぎ去ったようだ。

細かい地名の変更、火災や天災、そんな記述の羅列《られつ》ばかりのこぶし野町年表を見ていると、眠気に襲われてくる。

咲はあきらめて『こぶし野の歴史』を閉じ、次に『こぶし野の伝説』を開いた。こちらはフィクションのようなものだから、それなりに面白そうだ。

すると、目次の初めあたりに、「虎の殿様と卯《う》の方《かた》の活躍」という章があった。

どうも、多気浦家の起こりの話らしい。

多気浦家は、さっきまで読んでいた『こぶし野の歴史』によれば、応仁《おうにん》の乱の頃にはすでにこのあたりを支配し、相当な数の郎党《ろうとう》も抱《かか》えていたのだという。

——その始祖である多気浦嘉太の異名は、「虎」と言うのか。

レポートの考察が進まない咲には、目を引く情報だ。「虎」（寅《とら》）はもちろん、十二支の中で三番目の干支であるのだから。

この「虎」はこぶし野では大変に有名な人物らしい。そう言えば自転車で町を回っている時、『虎まんじゅう』だの『虎せんべい』だののぼりが目についたが、あれもこの人物にちなんだものだったのか。

目次の次のページには、見開きでこぶし野町の全図があった。

こぶし野町は、大雑把《おおざっぱ》に言って円形の盆地である。南にこぶし野駅があり、その駅からほぼ北に向かって盆地の真ん中を貫《つらぬ》くのがメインストリートだ。こぶし野の盆地中心よりやや北で、この大通りと直角に交差する通りがあり、この二本の道によって、こぶし野は四つの部分に分けられる。東北エリアは町役場や公民館、小中学校などが点在する。図書館もこのエリアだ。南東はいわゆる山の手地区というのか、昔からの住宅街。南西が駅前商店街から左に広がる商業地域。北西が一番新興の地域で、新しい住宅に混ざり、畑も残っている。町の特徴としては、ほかに、桂川《かつらがわ》という二級河川が、ちょうど亥《い》の方角――北北西――から、町の中心部でやや曲がって南東、辰と巳《たつみ》の間から出ていく。その出口には「辰巳《たつみ》の水門」という堰《せき》と、給水塔がある。

そして、このこぶし野の盆地のへりを十一の神社がぐるりと取り囲んでいるというわけだ。それぞれの神社をつなぐ細い道――咲がいつも大汗をかいて自転車をこいでいる道――が、こぶし野盆地をめぐっている。その道路の外側も行政的にはこぶし野町だが、見るからに町はずれといったたずまいになる。

地図の次のページからは、さまざまな伝説が載《の》っていた。どこかで聞いたような「狐《きつね》に化《ば》かされた話」「お坊さんが泉を拓いた話」を読んでいくと、その次に「虎の殿様と卯の方の活躍」があった。

咲は、目を光らせて読み始める。


〈虎の殿様と卯の方の活躍――多気浦家のはじまり――〉

こぶし野町の一帯を治めていた多気浦嘉太は、「虎」と呼ばれ、武勇を恐れられていた豪傑でした。

ところがある時、都の貴族の威を借る豪族に西から攻められ、こぶし野の地に侵入されてしまいます。「虎」と家来たちは包囲された城館にたてこもって勇敢《ゆうかん》に戦いますが、やがて城館のたくわえが尽きてきました。城館の外側は、今やびっしりと敵に埋め尽くされていて、出ることもできません。このままでは城館に閉じこめられたまま、一党は飢《う》え死にするよりありません。

そんな時、「虎」の奥方で、嫁《とつ》いできてまもなかった「卯の方」と呼ばれる女性が、虎にこう進言しました。

「このまま兵糧《ひょうろう》が尽きるのを待つよりも、奇襲に出てはいかがですか。こぶし野の地の西側に、敵は本陣を敷いています。あそこに夜襲をかけて戦《いくさ》の指揮を取っている総大将の首を取ることができれば、きっと敵は総崩れとなります」

「虎」もなるほどと思いました。ですが、城館の周《まわ》りには敵の軍勢がひしめいていて、うかつに出ることはできません。

すると「卯の方」がまた、こう助言しました。

「あなたは女の姿になってください。そして、私の侍女《じじょ》ということにしましょう。武器を持たない女二人なら、あやしまれずに城館の外へ出られるでしょう」

またもやなるほどと思った「虎」は、女の姿になり、夜が更《ふ》けるのを待って、「卯の方」と二人だけで城館を抜け出しました。

ところが、城館を出てしばらく行った山道で、二人は敵の見張りの部隊に見つかってしまったのです。「虎」は勇敢に戦い、すぐに敵を退治しました。ですがその戦いのさなか、一緒にいた「卯の方」は、敵に殺されてしまいました。

「虎」はたいそう嘆《なげ》きましたが、ぐずぐずしていては夜が明けてしまいます。

「虎」は後ろ髪を引かれる思いで「卯の方」のなきがらをそこに残し、こぶし野の地の西側にあった敵の本陣に忍びこみました。

兵糧攻めで弱っている多気浦軍などまもなく滅《ほろ》ぼせる。そう思いこんでいた敵は、油断して眠りこけています。

不意討ちをかけた「虎」は、見事に敵の総大将の首を取ることに成功しました。「虎」が本陣に放った火が燃え上がるのを城館の見張りも見つけ、この時とばかり最後の力を振り絞って討って出ます。こうして「虎」と城館の軍は敵を挟《はさ》み撃《う》ちにして、見事、勝利を収めました。

戦いの後、「虎」は「卯の方」を丁重《ていちょう》に葬《ほうむ》り、こぶし野を治める殿様となりましたが、二度と妻をめとりませんでした。「卯の方」の墓は卯塚《うづか》と呼ばれ、今でも卯の神社の近くにあります。

――合戦説話の典型的なもののようだ。

読み終わった咲はそう思った。

多勢に無勢、圧倒的に不利な状況を逆転するヒーロー。女装のヒーローというのも、熊襲《くまそ》討伐《とうばつ》の折のヤマトタケルや京の五条《ごじょう》の橋の牛若丸《うしわかまる》に代表されるとおり、日本人の好みのキャラクターである。

しかも、この説話にはもうひとつ、夫のために犠牲になったヒロインというモチーフまでついているのだ。

よくできた伝説と言えるだろう。

そして、咲が目を光らせたのはもちろん、そのヒロインが「卯の方」と呼ばれていたことだ。

寅と卯。虎とウサギ。勇敢な夫と、たおやかでかよわい妻が思い浮かぶ。この伝説を絵本にしたら、主人公二人はとても描きやすいだろう。

そしてこの二つは、干支としても方位としても、隣り合っている。

――ひょっとしたら、英雄として「虎」の名前をもらった多気浦家始祖の妻であるからと、干支からの類想で「卯」と名づけられたのかもしれない。だとすれば、日本人の発想の根底には十二支の思想があるというひとつの証左になる……。

そこまで期待して『こぶし野の伝説』を読み進めた咲だが、あてがはずれた。どうも、「卯の方」はもともと、こぶし野の東にある武藤《むとう》氏という家の出であったらしい。武藤氏は、こぶし野の多気浦氏よりもよっぽど有力な豪族で、その治める地域は、当時もそして現在も、こぶし野より栄えている。歴史的にも多気浦氏より古いし、これは当時の力関係としては、新興の多気浦嘉太（「虎」）が、歴史も力もある武藤氏のお姫様をいただいて、まだ拓けていないこぶし野に城館を構えたということのようだ。だからその奥方は東からお嫁に来たお姫様という意味合いで、「卯の方」と呼ばれた。

――結婚当時の力関係で言ったら、「卯の方」のほうが格上だったかもしれないな。

咲はそこまでの要点をメモしながら、そう考えた。おまけに、その新妻《にいづま》の進言と犠牲によって「虎」はこぶし野の支配者となれたのだから、「卯の方」はこぶし野の恩人と言ってもいいくらいだ。

それから、『十二支考』が常に頭の片隅にある咲は、ほかにも、この伝説にかかわるモチーフに気づいた。

「捨身飼虎《しゃしんしこ》」と呼ばれる、仏教系説話によくあるモチーフだ。

簡単に言えば、飢える虎のために自分の身を投げ出して虎に食わせてやるという、自己犠牲と慈悲《じひ》の究極の形が「捨身飼虎」だ。仏教説話にたびたび登場し、熊楠も『十二支考』の中で紹介している。

そう言えば、ウサギには、自己犠牲のイメージもある。腹をすかしたお釈迦《しやか》様のために焚火《たきび》に身を投げ、命を犠牲にしてお釈迦様に食わせたという伝説は有名だ。

——虎とウサギの夫婦か。

これは使えるかもしれない。

咲は内心満足して、図書館を出た。

ちょうどいい、もう一度現地を見ておこう。東北東の寅の神社と東の卯の神社は、どちらも図書館から近い。

「虎」と「卯の方」の伝説を知った後でも、やはりどちらもよく似たたたずまいの神社にしか見えなかった。こぶし野の地の開祖は「虎」なのに、寅の神社がそれほど大きくなく、献身的な「卯の方」にもかかわらず、卯の神社がそれほどつつましくないのも面白い。ついでに言うと、どちらの神社もこぶし野の十一の神社中、非常に崇敬《すうけい》されているというわけでもなさそうだ。

咲は、せっかくなので卯塚にもお参りしたいと思っていたのだが、あいにく、卯塚は私有地の中にあった。『こぶし野の伝説』が示す卯塚の場所は、地図で見ると卯の神社から南西にほんの数十メートルほどの距離にある。だが、行ってみると、そこは大きな門構えの立派な塀《へい》の中だった。卯の神社と塀を接しているその向こうの敷地は、相当に広そうだ。それこそ神社仏閣にあるような立派な土塀はざっと百メートルもありそうで、曲がり角まで行ってみてもその先が雑木林に埋もれてしまってわからない。塀の内側にも、鬱蒼《うっそう》とした立ち木しか見えていない。

「卯塚なら、竹浦《たけうら》さんの敷地の中庭にあるわよ」

ご厄介になっている種田家へ戻り、今日の収穫を話していると、育子さんがそう教えてくれた。

「ああ、あの立派な土塀のあるお宅ですか。あ、ちょっと待ってください。竹浦さん……っていうことは、こぶし野を拓いた多気浦氏と関わりがありますか？」

「そう言われているわ。今は失くなってしまった多気浦氏の城館も、あの敷地あたりにあったそうだし。いつのまにか、当てる漢字が『竹浦』に変わったのね」

育子さんは、こぶし野生まれだ。育子さんの実家の家業は指物師《さしものし》。もともと木工細工が好きな忠雄さんは、各地の職人さんを訪ねるのが趣味だった（従妹《いとこ》である咲の母は、『若い頃からほんと、渋い趣味の人だったのよ』と言う）。と言ってもそれほどの遠出はできないので関東近郊の職人を訪ね歩くことが多かった。そのうちにふと出会った育子さんのおじいさん作の家具に惚《ほ》れこみ、弟子にしてほしいとこぶし野にやって来た。そして親方の孫娘の育子さんと結ばれ、現在家業を継いでいる。この家には、昔から仕事場も併設されているのだ。

咲が以前に母から聞いたところでは、二人には相当のラブロマンスがあったようなのだが、忠雄さんも育子さんも、それについては何も話してくれない。

そのかわり、こぶし野生《は》え抜きの育子さんは、咲の役に立つかもしれないエピソードをたくさん教えてくれる。

「育子さん、じゃあ、卯塚は非公開なんですか。残念。こぶし野のヒロインのお墓は見てみたかったのに」

「年に一度、一般公開してくれるんだけどね。『卯の方』の命日がお祭りになっているの。でも、六月だからねえ、今年はもう終わっちゃったわね」

「お祭りがあるんですか？」

「ええ。『卯の方』は女性の守り神と言われているからね、優しい感じのお祭りよ。雅《みやび》っていうのかな。その時は竹浦さんの家を挙げて、こぶし野中の関係者をお招きして宴会しているし、おうちの敷地の外側には屋台も出るの」

「見たかったなあ」

咲が残念がると、忠雄さんが口を挟んだ。

「近いうちに、また竹浦家の障子貼《しょうじは》りに行くから、一緒に来るかい？」

「いいんですか？」

咲は身を乗り出す。すると育子さんがいくぶん気乗りしないように言った。

「じゃあ、できればご当主の嘉広《よしひろ》さんだけがいらっしゃる時にお願いするほうがいいわね。美也《みや》子《こ》さんがいると……」

　忠雄さんはとがめるような顔をしたが、うなずいた。

「そうするよ」

　好奇心が抑《おさ》えられなかった咲は、忠雄さんが仕事場に戻ったのを見届けてから、育子さんに聞いてみた。

「あの、さっき話題になっていた美也子さんというのは……？」

「ご当主嘉広さんの、今の奥さんよ」

　育子さんは咲と二人分、冷たいハーブティーをカップに注《そそ》いで、ダイニングテーブルに身を乗り出した。

「咲ちゃん、ここだけの話よ？」

「ええ、わかってます」

　実は、育子さんは、ゴシップも好きである。一緒に生活するうちに、咲にはそれがわかってきた。

　ただし、育子さんのゴシップにそれほどの毒はない。正確に言うと、人を傷つけるような話をしない。だから聞いていて楽しい。そして白状すると、咲も罪のないゴシップは大好きなのだ。それに、こぶし野に暮らす人々の話を聞くのは、フィールド調査の一環……と言えなくもないだろう。

今のところ、咲の研究に役立った話はないけれど。

育子さんはハーブティーを手に、楽しそうに話を始めた。

「竹浦さん、こぶし野一番の名家だけど、今のご当主は二度結婚しているの。先《さき》の奥さんに死なれて、そのあと迎えた奥さんが美也子さん。先の奥さんとの間には娘さんが一人いてね、一回縁づいたんだけど、ご主人に死なれてね。小さいお嬢ちゃんを連れて、今は西隣のK市で二人暮らししているはずよ」

「ご実家には戻らなかったんですね」

「それなのよ」

育子さんはさらに身を乗り出す。

「今の奥さんの美也子さんが、何と言うか、悪い人じゃないんだけど、ちょっときついところがあってね。それで実家に戻りにくかったみたいなの」

「まあたしかに、継母《ままはは》さんがいる家は居心地《いごこち》が良くないかもしれませんね」

「その娘さん、卯津貴《うづき》さんっていうんだけど。そもそも実のお母さんを小学校の低学年の時に亡くしちゃって、間もなくして美也子さんがお母さんになって、それからすぐに弟も生まれたのよ。デリケートな年頃でしょう、そういう事実をすんなり受け入れられなかったとしても当たり前よね。卯津貴さん、いい方なのよ。ただ、東京の有名な女子大に合格したのを機会に、家を出て東京で一人暮らし始めたって聞いた時は、ああやっぱりおうちにいづらかったのかしらって、ちょっと思っちゃったけどね。でも結局、ご結婚はこちらで、お父さんの旧友の息子さんとなさったわけだから。そういうところがよくできた方って感じだわ」

「くわしいですね、育子さん」

「娘の由香里が、高校まで卯津貴さんの二年後輩に当たっていて、ずいぶんかわいがってもらってたのよ。高校なんか、同じテニス部で。由香里は卒業後も高校を懐《なつ》かしがって時々顔を出してるけど、卯津貴さんはお忙しいんでしょうね、さっぱりらしいわ。大学では全然違う乗馬部に入ったみたいよ」

「乗馬！　すごい、さすがお嬢様だ」

咲は感心した。生物総合学部には付属の飼育設備もあるが、お金のかかる馬の飼育までは余裕がないらしい。そんな咲には、乗馬と言えば貴族のスポーツというイメージがある。そもそも、卯津貴という名前自体にも、御先祖の卯の方の流れを継ぐ者という意図が見えるではないか。

「そりゃあね、竹浦家のお嬢様ですもの。ああいうおうちの人は、人づき合いが上手なのよねえ。そんなわけで、卯津貴さんは継母さんの美也子さんとも上手に距離を置いて接している感じね。結婚にしても、さすが良家って、私たち感心したものよ。お相手はK市の日和田《ひわだ》建設っていう会社の息子さんだったの」

「でも、育子さん、さっき、ご主人に死なれてって……」

「お気の毒にねえ、卯津貴さんが出産されてまもなくよ。交通事故だって。卯津貴さんはそのあともK市にとどまって、稼ぎ先とのおつきあいもしてたのよ。そちらとのご縁で、龍《りゅう》さんもいいところに就職できていたし。あ、龍さんっていうのは美也子さんが産んだ息子さん。卯津貴さんの、母親違いの弟ね。ええと、五年ほど前だったかしら、そう、翔《しょう》が生まれた年よ」

翔は、忠雄さんと育子さんの孫の名前である。育子さんの話はいろいろと飛ぶが、気にしてはいけない。自由に話してもらっていれば、そのうちに、ちゃんと元に戻っていく。

「龍さん、日和田建設の会長さんの口利《くちき》きで、すごいところに就職できたの。コー・エステートっていう会社で、すごい大企業系列の子会社」

育子さんは親会社として、東京に本社がある大手不動産会社の名前を挙げた。咲でも知っているほどの大手だ。大学最寄《もよ》りの駅周辺を歩いていれば、大規模開発の現場のどこかで必ず名前を見ると言っていい。テレビでも、コマーシャルをばんばん流している。

「へえ、すごい。でも、竹浦さんって、こぶし野の名家でしょう。名家ならではのコネが使えたんじゃないですか。何も、異母姉《おねえさん》の稼ぎ先を頼らなくても」

育子さんはからからと笑う。

「竹浦さんは、そういう意味で力のある家じゃないみたいよ。そもそもこぶし野一って言ったって、こぶし野自体がどこにも属さない代わりに歴史から取り残されたような町じゃない。ご当主の嘉広さんだって職業は中学校の教師で、もう退職しているような方だし。だから美也子さん、頑張って龍君の就活にも乗り出して。コー・エステートに内定もらった時は、東京で仕事するのよって鼻高々で、私たちにも触《ふ》れ回ったものだったわ。だから私までこんなにくわしく知ってるのよ」

「はあ。うらやましいです。私だって自分の将来は気になりますから、そういう伝手《つて》がある方はいいなあって思っちゃう」

「あら、咲ちゃんは優秀だから大丈夫よ。それに女は強いし。卯津貴さんも、ご苦労続きだけど、頑張《がんば》っているしね。美也子さんだって、私いろいろ言っちゃったけど、旧家を取り仕切るのは大変だろうから、きつい性格くらいがちょうどいいのかも」

「はあ。つまり、育子さんの話を聞くに、美也子さんという方はちょっとおつき合いしにくい人だと……？」

「まあ、そうね。嘉広さんはとっても人のいいおじいさんなんだけどねえ。ま、そういうわけだから、卯塚を拝見したかったら、美也子さんがお留守の時のほうがいいわね。大丈夫よ、美也子さんは出歩くのが好きな人だから、きっとチャンスはあるわ」


チャンスが巡ってきたのは、二日後だった。

忠雄さんが障子の貼り替えのために、竹浦家へ行くからと、咲に声をかけてくれたのだ。

「もともと、家の中ががたがたうるさくなるから、障子の貼り替えには美也子さんのいない時が多いんだよ。ちょうど今日は美也子さん、何かのお稽古《けいこ》ごとで家を空《あ》ける日なんだ」

軽トラックを運転しながら、忠雄さんはそう言う。

「ありがとうございます、卯塚を見たかったんです」

咲は助手席で頭を下げた。

「それにしても、咲ちゃんも物好きだなあ」

忠雄さんはそう言って笑うが、物好きというなら、それまで縁もなかったこぶし野に移り住んで一介《いっかい》の家具職人になり、町の便利屋稼業まで請《う》け負っている忠雄さんも、なかなかのものだと咲は思う。

口に出したりはしないが。

「でも、私が突然お邪魔しても拝見できるんでしょうか」

フィールド調査をするなら、事前に交渉してアポイントメントを取ること。大学では学生たちにそう指導している。当たり前のことだと咲も思う。しかし忠雄さんは、今朝突然、

「咲ちゃん、竹浦さんちに一緒に行くかい？」

と声をかけると、そのまま車を出発させたのだ。

だが、咲が相手方の意向を気にしても、忠雄さんは気軽に笑う。

「なあに、おれは御用聞きに、月に二回くらいはふらっと伺《うかが》っているから。そのついでに親戚の女の子が一緒ですと言っても、ご当主は気にしないで歓迎してくれるよ。こぶし野の竹浦さんと言えば、そういう度量の広さで有名な家なんだから」

この間見かけた土塀が近づいてきた。忠雄さんはスピードを落とす。

門のそばに車を駐《と》め、門脇のインターホンを鳴らすと、落ち着いた女性の声が応答してくれた。

「どうも、種田です」

忠雄さんが呼びかけると、少し間があって、同じ声が応《こた》えた。

「どうぞ、お入りください」

古びた門をくぐりながら、忠雄さんがちょっと怪訝《けげん》そうな顔をしている。

「今応えてくれた人、誰だろう？　美也子さんじゃないし……」

竹浦家は、どっしりと落ち着いた構えで、いかにも名家というたたずまいだった。その玄関先で出迎えてくれたのはさっきの声の主の、年配のエプロン姿の女性。そしてその後ろに白髪のご当主がいた。教師というより、神官のような俗離《ぞくばな》れした風情だ。

「やあ、どうもいらっしゃい。ああ、吉野《よしの》さんはもういいよ」

一礼して去っていく吉野さんと呼ばれた女性を見送りながら、嘉広さんは説明するような口調で言った。

「今、家の中がごたごたしているもので、家政婦さんに来てもらっているのですよ。手がかかる人間が増えたのでね。本当に助かっています」

「あの、ごたごたというと……？」

「いや、たいしたことではないのですが。娘が足を怪我しましてね。靱帯《じんたい》を切ったとかで。ようやく退院しましたが、生活するのに少々不自由そうなので、できる手伝いはしてやっているだけのことです」

「はあ、それはそれは。それでは、今日押しかけて、お邪魔ではなかったですか」

忠雄さんが心配すると、嘉広さんは笑って手を振った。

「いや、問題はありません。種田さんはいつもどおりに仕事をしてください」

それから嘉広さんは咲に目を向ける。咲はあわててもう一度お辞儀《じぎ》をした。忠雄さんが紹介してくれる。

「これはうちの親戚の大学生なんですが、こちらの卯塚を拝見したいというんです。よろしいですか」

「御牧咲と申します。突然で、恐縮ですが……」

嘉広さんはにこやかに答える。

「なんのなんの。いくらでも見て行ってください。本当なら、いつでも誰にでもお参りしてもらえるように用意しておくべきなんでしょうがなあ。うちの者の手が回らずに、申し訳ないことです」

「いえ、そんな。ありがとうございます」

ご当主に詫《わ》びまで入れられては、咲はますます恐縮してしまう。

「卯塚については代々うちの女どもの差配《さはい》でして、私でもあまり口を挟めないことがありまして。ですが、卯塚の女性は結果的にこぶし野を守ってくれましたからな。現代の女性たちもこぶし野を守ってくれているように。お参りしてくださるとは、ありがたいことです」

「いえいえ、こちらこそ突然に押しかけたのに、見せていただけるだけでありがたいです」

咲はあわててまた頭を下げる。度量が広く人を受け入れてきた名家と言っても、自宅をいつでも公開するというのは相当の負担だ。特に、家事を担当する女性にとっては歓迎できることではないだろう。

「ま、とにかく中へどうぞ」

玄関だけで、咲の家の台所くらいの広さがある。大きな沓脱石《くつぬぎいし》があって、その先の上がり框《かまち》は二段構えになっている。

なるほど、これが式台《しきだい》というものか。初めて見た。いや、この部分を上がり框と呼んでもいいんだっけ。

まごつきながら、咲は忠雄さんのあとからお邪魔する。とにかく、どこもかしこもあきれるほど広い。いったい築年数はどれくらいなのだろう。たぶん部分的に改築や増築を繰り返しているだろうから、素人《しろうと》の咲にはよくわからない。

艶《つや》の出るほどどみがかれた廊下を二回曲がったところで、忠雄さんは足を止めた。

「じゃ、今日はここのお部屋をやらせてもらいますんで。咲ちゃんは卯塚に案内してもらいなさい。帰りは一人でいいんだね？」

「はい。歩いて帰れますから」

来る途中、車の中で相談しておいた。忠雄さんの仕事を咲は手伝えないし、いつまでも竹浦家でぐずぐずしていても、申し訳ない。だから卯塚を拝見したら、咲は一人で失礼すると。

それにしても、この広さなら、なるほど、障子貼りにも時間がかかるだろう。忠雄さんは暇《ひま》を見つけては竹浦家を訪問して障子貼りその他、その時々で一番必要と判断した箇所に手を入れるらしい。すべての手入れをひととおり終わらせた頃には、最初に手をつけた障子には、また貼り替え時期が来ていそうだ。

「さあ、ここからどうぞ」

ご当主が導いてくれたのは、さらに廊下を二回曲がったところにある場所だった。縁側があって、軒《のき》に接するように楠《くすのき》の大木があり、その先に中庭が広がっていた。来客用だろう、大小さまざまの履物《はきもの》が沓脱石に並べられている。咲はその一足を借りて中庭に下りた。ご当主はからころと下駄《げた》を鳴らしながら、先に立つ。

「ここです」

卯塚は、ちょうど人の背丈《せたけ》ほどの石だった。しめ縄が張られ、前には小さな鳥居もある。周囲はきちんと掃《は》き清められていた。

「厳《おごそ》かな雰囲気ですね」

「はあ、どうも」

本当に、十一の神社と同じような空気に満ちている。清浄というか。柄にもなく、咲はそんなことを考える。

小柄なご当主は、ぴんと背を伸ばし、正しい作法でお参りをしている。咲も倣《なら》う。

「ここには、家の女が、毎朝お参りを欠かしませんのです」

名家ならではの行事だ。今でも地方によっては、毎朝の墓参りが嫁の義務というところがあるそうだが、同じようなならわしなのだろう。

咲は、ふと面白くなった。

「それにしても、これでは、始祖の『虎』公ではなく、奥方様のほうが大事に拝《おが》まれているような気がしますが」

「さよう」

ご当主は、おっとりと笑う。

「この家では、『卯の方』こそがこぶし野の守り神、と代々言い伝えられているようです。先の妻などは、そうした言い伝えを面白がっておりました。まあ、どうぞごゆっくり。私はそのへんを手入れしておりますから」

そう言って、ご当主は姿を消した。

お言葉に甘えて、しばらく咲は四方から卯塚を観察させてもらう。

そうしている時だった。

ふと咲は妙な感覚に襲われた。

――誰かが近くにいる?

しかし、振り返っても周囲を見回しても、人影はない。ご当主も、まだ戻って来ていない。気を取り直して卯塚に向かい合うと、また視線を感じた。涼しい風が吹いてくる。咲はちょっとぞっとした。

――やっぱり、誰かに見られている? ……まさか、「卯の方」かしら。

そこへ、ほっとしたことに、ご当主が竹ぼうきと落ち葉の詰まったゴミ袋を持って戻って来てくれた。庭の奥のほうでも掃除してきたらしい。

「どうもありがとうございました」

「もうよろしいのかな」

「はい」

二人して、元来た道を戻り始める。

すると今度は、かすかにくすくすという笑い声が聞こえた。だが、あたりにはやはり、咲とご当主、二人だけしかいない。

そして、縁側で借りた履物を脱ごうと身をかがめていた時。

何かがふわりと咲の右肩の上にとまった。

ぎりぎりまで首をよじっても、見えない。肩を揺すってみても、落ちる気配もない。

でも、たしかに何かある。

得体《えたい》のしれないものを触《さわ》るのには勇気がいるが、咲は左手でそっと肩を探《さぐ》った。かさかさした、軽いもの。引っ張ってみると、ちょっと抵抗があってからぷつんと外れる。

咲は、ふっと唇をゆがめて笑った。

――生物総合学部の学生をなめるんじゃない。

見る前から、手触りだけで「それ」の見当はついていた。

ほら、やっぱり。蟬の脱《ぬ》け殻《がら》だ。今の時期なら、カナカナか。

「卯の方」なんかじゃない、これを落としたのは生きた人間だ。

咲が上を見ると、頭上の楠の茂った中に、小さな顔が見えた。目まで隠れそうな、大きな白い帽子をかぶっている。パナマ帽というのだろうか、そのつばをうるさそうに押し上げた拍子《ひょうし》に、やわらかそうなおさげが見えた。女の子だ。ずっと楠に登ったまま、咲たちを観察していたのだろう。

咲は、蟬の脱け殻を手の上に載せると、その顔に向けて笑ってみせた。生き物はほとんど何でも大好きだ。蟬の脱け殻くらいで動じたりはない。

この子は五歳くらいだろうか。ちょっとびっくりしたように目を見開いて、葉陰に隠れる。

ご当主が縁側で待っているのに気づき、そのまま咲は家に上がった。

ちょっといたずらが好きな子なのか。でも、ご当主は何も気づいていないようなので、咲も何も言わずに、竹浦家をあとにした。

一人で帰りながら、咲はさっきの子について考えた。

先妻との間に一人娘と孫娘がいる嘉広さん。

靭帯を切ったというのは、育子さんの話に出てきた卯津貴さんのことだろう。では、木に登っていたのは、お孫さんか。

小さい子と怪我人がいるから人手が必要で、家政婦さんを急遽《きゅうきょ》お願いした。

あれだけ広い家を切り盛りするのは、ものすごく大変そうだから、よくわかる。

やっぱり「卯の方」は今も卯塚にいて、そんな女たちを見守っているのかもしれない。

卯塚の印象をそのままレポートに役立てられるかどうかはまだわからないが、ともかく、「虎」と「卯の方」についての情報はかなり集められたと判断し、咲は、ここまでの調査報告を矢上教授に送信した。

するとその夜のうちに返信が来た。

――面白そうな題材。その「虎」と「卯の方」の実相について、なお考察を深められたら如何《いかが》。

第三話

卯《う》塚《づか》の君

——その「虎」と「卯の方」の実相について、なお考察を深められたら如何《いかが》。

矢上教授はそうおっしゃいましたが、あの、よくある合戦説話に、何か特色があるのでしょうか。もう少しヒントをくださいませんか。

咲がさらにそう返信すると、教授からは本当に少しだけヒントが来た。

——奇襲の夜の「虎」の装備、そして「虎」の動線。そのあたりを検証のこと。

そこで、咲はまた町立図書館に出かけた。

とにかく、あの伝説が本当のことだとして、その夜のことを再現してみよう。

「虎」はこぶし野のご当地ヒーローだから、いろいろ伝説は残っている。奇襲伝説のほかにも「息子と狩りに行って、一夜を過ごした洞穴《ほらあな》の由来」とか「家臣たちと酒の飲み比べをして全員に負けた話」とか、なかなか個性がわかるエピソードは散見された。一方、こと捨て身の奇襲作戦については、すべてが判で押したように同じ内容だ。

奇襲伝説にバリエーションがないのを確認してから、咲はこぶし野の地図と首っ引きで、伝説に基《もと》づいての「虎」の動きを追ってみた。

奇襲だったのだから、「虎」と「卯の方」が城館を出たのは真夜中近くだっただろう。「卯の方」の命日にちなんだ祭りは六月。旧暦なら夏至《げし》も過ぎ、夜は短い。城館の中も寝静まった頃、「虎」は「卯の方」の着物を身にまとい、静かに城館を抜け出す。だが城館を出てしばらくして敵の見張り部隊に見つかり、小競《こぜ》り合いの末彼らを倒したものの「卯の方」を失い、さらに決死の覚悟を固めてこぶし野の西、敵の本陣を目指す……。

「虎」の動きを具体的に克明《こくめい》に追った結果、いくつかの疑問点に行き当たったのは、日が傾き、館内の閲覧者たちも少なくなってきたことに気づいた時だ。

自分も荷物をまとめ、忠雄さんの家へと自転車をこぎながら、咲はさらに考える。

咲の疑問点とは、まずこういうことだ。

「卯の方」の命日の祭り。その日時が正しいとしたら、問題の奇襲は六月だ。旧暦ならば現在の七月。夜も短い季節だが、同時に蒸し暑い季節でもある。

その季節に女装するとなれば、当然、ものすごい軽装のはずだ。世は戦国に入るか入らないかという頃。優雅な平安時代や太平の江戸時代ではない。豪族の奥方程度では着物もたいして豪華だったとは思えないし、そもそも、身をやつして抜け出すための女装だ。どう考えても質素極《きわ》まりないものだっただろう。せいぜい、小袖を二枚くらい身にまとう程度だったのではないか。

となると。

「虎」は、本格的な武装はできなかったはずだ。懐《ふところ》に短刀くらいは忍ばせられても、太刀《たち》はおろか、弓矢も隠しようがない。もちろん、兜《かぶと》や甲冑《かっちゅう》も論外だ。

その出で立《いた》ちで、どうやって敵の寝首を掻《か》くというのか。出会った敵の武器を奪う作戦だったのか。

いや、ひょっとすると、季節に合わない着ぶくれた姿だったのかもしれない。衣《ころも》の下に武器を隠すために。だからこそ敵に見とがめられ、本陣に行きつく前に小競り合いになってしまったのかもしれない。

だとしても、疑問はこれだけではないのだ。

城館の外、こぶし野の地は敵に埋め尽くされていたという。そもそも包囲戦とはそういうものだろう。先兵を出し、本陣は一番後方に置く。そこで総大将は敵の城館へ攻めこむ兵を指揮し、戦局を俯瞰《ふかん》しながら次の戦法を練《ね》る。だからこそ、この場合の本陣は一番西に置かれたのだ。

だとするならば。

どこかでその先兵に見とがめられ、「卯の方」が落命したほどの戦闘があったというのに、どうやって「虎」はその状況を逃れてから、さらに本陣まで進むことができたのか。あたり一面敵兵が展開していたはずなのだ、「怪しい者がいるぞ」と仲間の兵から声が上がり、実際に倒された者が出たのなら、どんなぼんくらな兵でも敵襲だと考えるだろう。その情報はすぐに広がり、伝令が本陣へ駆けつけ、仮眠していた兵もたたき起こされて戦闘態勢に入る。孤立した「虎」は本陣に行きつく前に敵兵に取り囲まれるはずだ。

つまり、「総大将のもとに行きつく前に敵兵と小競り合いをし、それを倒してなおも敵本陣に迫った」という筋立ては、兵に埋め尽くされたこぶし野の地ではありえないのだ。

ただし、他の考え方もできる。「虎」と「卯の方」が城館を抜け出してからどちらへ向かったか、あの伝説には詳述《しょうじゅつ》されていなかった。敵が展開しているこぶし野の地を避け、逆の方角へ——つまり城館から東へ脱出し、こぶし野の外側をぐるりと遠回りして、本陣を背後から突いたという説明も成り立つ。その場合のルートは北回り、南回り、どちらもあるが、南側からのほうが現実的かもしれない。北側の山のほうがけわしいから。

これならば、奇襲が成功した説明にはなる。「虎」と「卯の方」が出くわしたのは、敵の本隊ではなく、こぶし野の外側を警邏《けいら》していた小部隊にすぎなかったのだ。だからその部隊を全滅させれば、敵の本隊には気づかれずに作戦を続行することができる。

だが、そこまで説明をつけても、まだ解けない難問があるのだ。

こぶし野の外側の曲がりくねった道を行くなら、十キロメートル近くの行程になる。

時は旧暦六月。夜が更けてから城館を抜け出し、山道の途中で敵兵を倒してその距離を踏破《とうは》し、夜の闇に紛《まぎ》れて敵の本陣を背後から奇襲する。

いくら昔の武士が頑健《がんけん》で足腰が強かったとはいえ、そんなことが可能だろうか？　熟知しているルートだとしても、それほど離れた場所へ、真夜中から闇が残る午前三時くらいまでの間に到着できるものだろうか。あたりが明るくなってからでは、のこのこと敵本陣に奇襲などかけられるはずがないのに、「虎」はどうやって敵陣にたどりつけたのだろう？

それでもたどりつけたのだとすれば。

「虎」は、歩いて攻撃を仕掛けたわけではないのかもしれない。この時代、徒歩より早い移動手段とすれば馬しかない。

そう、見張り部隊を倒した時に、馬を奪ったとすれば。

この仮説はどうだろう。

この仮説を採用するなら、同時に武器の問題も説明がつく。敵の部隊を山道――たぶん城館からそれほど離れていない地点、ひょっとすると卯塚がある場所――で倒して、武具も馬も武器もそっくり奪い取った。そして勝手知ったる夜道を馬で駆け、敵本陣を突いた。

これで「虎」の行動がすべて可能だと説明できる。

説明できるのだが。

だが、これでも根本の疑問の解決にはならないのだ。

なぜなら、女装して城館を抜け出した時点では、武装した敵兵に出くわすことなど「虎」は予期できなかったはずだから。

丸腰同然の女装姿で夜の山道をとことこ歩き、明るくなった朝、敵本陣に到着する。何ひとつ理屈の通らない行動だが、前夜城館を出た時の「虎」はこういう作戦であったことになる。

——でも、すべてが根本的に間違っているのではないかな？　そもそもの前提は正しいのかな？

心の中でそうつぶやいた時、ぱっとひとつの考えが咲の頭の中に浮かんだ。

思わず、咲は大きく息を吸いこむ。

自転車をこぐ足は止まっていた。こぶし野のほぼ中央を流れる桂川が前方に見える。町の灯《ひ》に水面《みなも》がきらめく。橋を渡れば、もうすぐ忠雄さんたちの家だ。

だが、咲はその場に止まって、息を弾《はず》ませていた。自分のたどりついた結論に興奮しているせいだ。

丸腰同然の女装姿で夜の山道を歩く。

今自分が思い浮かべた虎の行動に、合理的な説明を思いついてしまったのだ。

丸腰同然の女装姿で夜の山道を行く。だがその行先が、こぶし野の西に置かれた敵本陣ではなかったとすれば。

まったくの逆方向——東——だったとすれば。

敵もいない。こぶし野の東にあるのは自分の同盟相手、「卯の方」の実家の武藤氏の領地だから。

あの夜城館を出た時の「虎」の目論見は、もとから敵本陣への奇襲などではなかったのではないか。

そもそも戦国時代まで、女性は結婚しても実家との結びつきを失わなかった。武家の棟梁《とうりよう》たる足利《あしかが》将軍家にしてからが、たとえば八代将軍義政《よしまさ》の正妻は、生涯「日野富子《ひのとみこ》」と呼ばれ続けた。ずっと時代が下った戦国末期でさえ、有名なお市《いち》の方は、嫁《とつ》いだ浅井《あざい》家が滅亡する前に、娘たちともども、丁重に実家の織田《おだ》家へ送り返された（その後夫となった柴田勝家《しばたかついえ》とともにお市が自決したのは、すでに実家には頼れる兄信長《のぶなが》もなく、織田家を実質仕切ろうとしていたのが大嫌いな羽柴秀吉《はしばひでよし》だったからだろう）。

武家のそのならわしに従うなら、「卯の方」は落城前に東にある実家へ帰るところだったのだ。こうした女性には身の危険も及ばない。

その「卯の方」に女装した夫の「虎」がつき従っていたというなら、これは武勇伝でもなんでもない。「虎」の目論見は断じて、敵本陣への奇襲ではない。

「虎」は、奥方の陰に隠れて、落城寸前の本拠地を逃げ出したのだ。城館に残る家来をすべて見捨てて。こぶし野一帯に広がっている、敵兵に苦しめられているだろう領民も見捨てて。

そうして妻とともにこっそりと夜道を行くうちに「虎」が出くわしたのは、どんな相手だったのだろう。本当に敵の見回りだったのかもしれない。

だが、落城寸前の相手に対して油断しきっている敵以外にも、夜道を行く者はいる。こぶし野から逃げ出そうとしている領民はいなかったのだろうか。頼りにならない城主と城兵。城館への総攻撃の前に、せめて自分たちの命と、できれば守りたい家財くらいを馬に積んで、領民も脱出を図っていたのではないか。これまた、東の地に。

そんな領民が、こそこそと逃げ出す城主に出くわしたら。

当時の領民は決して虐《しいた》げられるだけの存在ではなかった。いざとなれば武器を取って自分や家族を守るし、機会があるなら敗残兵を襲って身ぐるみ剝《は》ぐくらいのことは平気でやってのけた。刀狩《かたながり》という制度によって農民が武器を奪われたのは、ずっと時代が下ってからだ。

彼らが「虎」を「虎」と認識したかどうかはわからない。情けない落ち武者《むしゃ》と判断しただけだったのかもしれない。とにかく、彼らは女装した武士に襲いかかった。だが、丸腰とはいえ、武士にはかなわなかった。

「虎」は戦闘の末、相手をすべて討ち倒す。だが、その戦闘のさなか、「卯の方」が命を落としてしまった。

「虎」は呆然《ぼうぜん》としただろう。

「卯の方」がいなかったら、おめおめと東の武藤家に逃げこむわけにはいかない。亡き妻の実家が、妻を見殺しにした男、城館と部下を見捨てて一人落ちのびてきた武将を歓迎するかどうかは、相当に心もとなくないか。とりなしを頼める妻は、もういないのだ。

だが、とりあえず、武器と馬が目の前にある。東の地で迎え入れてもらえるかどうかという賭《か》けに出るよりも、同じ賭けるのならばいっそのこと、夜の山道と、その先にある西の地へ目を向けたらどうか。

そう、敵本陣へ。

「虎」は武器をひっさげ、馬を駆って夜の道をひた走る。すべては時間との競争だ。夜が明ける前に敵の本陣を襲わなければ、自分の命運は尽きる。

そして、いちかばちかの賭けは、大成功に終わった。「虎」は捨て身の結果の武勇伝と、今に続く名家の始祖という不動の名誉を手に入れた。彼は今もこぶし野の地で愛されている。彼の子孫は、「卯の方」こそこぶし野の守り神と言い伝え、篤《あつ》く卯塚を守っているとしても……。

これが、「虎」の武勇伝の真相ではないか。

「虎、こわかっただろうな」

咲はそうつぶやいて、くすりと笑った。

現代の、感性が脆弱《ぜいじゃく》な咲には、今自分が思い描いた「虎」の姿のほうが、伝説の中の英雄よりもよっぽど愛すべき男に見える。

第四話　サル、トリ、イヌの三《さん》社《じゃ》祭《まつり》

のどかに八月は過ぎてゆく。小中学生は残り少ない夏休みに未練を残しつつ、精一杯楽しんでいることだろう。

それに比べると大学生の夏休みは長い。それでも九月の声を聞くと、つい、季節に急《せ》かされている気分になる。実際、レポート締め切りは九月末とはいえ、そうのんびりとはしていられない。帰省や長期旅行に出ていた学生もキャンパスに戻って来るし、秋に催《もよお》される学祭の準備も最後の追いこみに入る。大学生も忙しいのだ。だからレポートなど、早く仕上げるに越したことはない。

だが、咲のレポートは中だるみ状態だ。

咲としては、動物としての虎とウサギに的《まと》を絞り、日本人がこの両者に抱《いだ》くイメージについての考察をまとめればよいのではないかと思い始めているところである。

それならば、さまざまな日本古典から引用しつつ、この夏に知ったこぶし野のご当地英雄である「虎」とその奥方「卯の方」を紹介すれば、まとめられると思う。

ある土地で、史実がどうやって伝説化していくか。その過程に、いかに「虎」「兎《うさぎ》」という動物のイメージが影響し、イメージによって史実から離れたフィクションが形成されていくか。これも、伝説の変遷《へんせん》という大きなテーマに沿《そ》った面白い研究だと思う。熊楠の『十二支考』も、そのイメージの根拠のひとつとして触れていけばいい。

とにかく、ここまでは考えついた。

十五世紀に生きた「虎」と、その奥方「卯の方」についての仮説は、自信満々で矢上教授にメールしたのだが、教授からの返信はない。それでも咲は、肩の荷が下りた気がした。大方のめどはついたと思う。

そうなると現金なもので、こぶし野の神社巡りへの熱意も冷めてきた。こののどかな町で、昔ながらの夏休みを過ごさせてもらおう。いや、そろそろお世話になった種田家に別れを告げようか。

ある日、朝食の席でそう切り出したら、忠雄さん育子さん夫婦に引き留められた。

「実はねえ、由香里の子どもの翔を、一週間くらいの間、保育園以外の時間、うちで面倒見ないといけないの。よかったら、咲ちゃん、もう少しいてくれない？」

種田家に滞在してから、咲も由香里さんや翔君には何度か会っている。由香里さんは咲より十歳以上年上だが、昔はよく遊んでもらったものだ。現在はこぶし野駅の南側に住んでいて、こぶし野にある和菓子屋「金毘羅堂《こんぴらどう》」で働いている。接客や販売も受け持つそうだが、メインは和菓子製造だ。十代の頃から料理やお菓子作りが趣味で、咲は器用な由香里さんの手元を感心して眺《なが》めていたものだ。

「翔はこぶし野の駅前にある保育園に通っているでしょう。いつもは保育園の送迎は由香里がしているんだけど、今週はほかの従業員の人の夏休みが重なって、由香里も製造場だけじゃなく、販売もこなさなくちゃいけないんだって。シフトも朝早かったり夕方までずれこんだり、いろいろに変わるらしいの。だからこれからしばらくは、夕方、翔のお迎えを私たちがやって、ここで翔と夕ご飯を食べながら由香里が帰って来るのを待つの。だんなさんは毎日東京まで通勤している遠距離通勤サラリーマンだから、あてにできないしねえ。というわけで、咲ちゃんがもう少しいてくれると、すごくありがたいんだけど」

「そうそう。おれからも頼むよ。咲ちゃん、翔とよく遊んでくれて助かるんだ。せめてサイホウさんの祭りが終わるまで、いてくれないか？」

「サイホウさんの祭りって、何ですか？」

「九月最初にある、西の方角の三神社の合同の祭りだよ。申《さる》の神社、酉《とり》の神社、戌《いぬ》の神社。それぞれの神社に安置してある神輿《みこし》が互いの神社を交換するみたいにして、三日かけて練り歩くんだ。こぶし野では一番大がかりな祭りだよ。せっかくだから見ていくといい」

言われて、咲はその気になった。十一の神社での最大の神事というなら、見ておいて損はないだろう。それに、白状すると祭りの非日常空間は大好きだ。だいたい、いくらお世話をかけないように気をつけたと言っても、ずいぶん種田家に長逗留《とうりゅう》してしまっている。翔君の子守《こもり》くらいでお礼になるなら、お安い御用だ。

「じゃ、由香里さんのその特別シフトが終わるまで、もう少しお世話になってもいいですか？」

「そうしてくれ、そうしてくれ。由香里も翔も喜ぶよ、咲ちゃんがいてくれると」

翌々日から、夕方になると育子さんは保育園に出かけるようになった。そして連れて帰って来た翔君もまじえて四人で夕ご飯を食べ、しばらく遊んでいると、由香里さんがやって来る。「金毘羅堂」の和菓子を手土産に。

そんな日々が過ぎ、咲のレポートも半分くらいは書き進められた頃、サイホウさんの祭りがやってきた。この祭りは宵宮《よいみや》が盛大で、毎年九月初めの未《ひつじ》の日の夜――つまり日付を過ぎれば申の日――に始まり、戌の日の正午に終わる。

その前夜祭と言うべき宵宮は、にぎやかに始まった。明朝、申の神社の神輿は酉の神社へ、酉の神輿は戌の神社へ、そして戌の神輿は申へ。それぞれの神社へ神輿が迎え入れられる。翌日はまた隣の神社へ神輿が移動する。そして最終日に、元の神社へそれぞれの神輿が還御《かんぎょ》して、終わる。

保育園から早めに帰ってきた翔君は、夕食もそこそこに終わらせて、そわそわしている。彼はたいそうお絵描きが好きな五歳児なのだが、今日ばかりはスケッチブックもクレヨンもそのあたりに散らかしっぱなしで、育子さんの部屋の前で待ちくたびれていた。

「咲姉ちゃん、まだお着替え終わらないの？」

「もうちょっとだから、待ってて」

「何でもいいよ、着るものなんて」

「そうはいかないの」

せっかくの祭りだ、できるだけ気分を盛り上げたいと、咲は育子さんの浴衣《ゆかた》を借りて、着せてもらっているのだ。朝顔《あさがお》を白抜きにした藍染《あいぞ》めの浴衣、山吹《やまぶき》色の帯。髪はまとめて。

矢上教授の感想ではないが、こういうイベントごとで張り切るのは、女性の特性なのかもしれない。

ようやく支度ができた咲は、待ちかねていた翔君に手を引っ張られるようにして、浮き浮きと夜店へ出かけて行った。これがまた、盛大な祭りなのだ。細い道は、人でごった返している。ずらりと並んだ屋台からは、郷愁《きようしゆう》を誘うような、焦《こ》げたソースや砂糖の匂いが漂《ただよ》ってくる。暗闇の中の提灯《ちようちん》は、あやしく美しい。

「すごいねえ、三社合同のお祭りなんて。でも、どうしてこの三つの神社だけ、こんなに盛大にお祭りやるんだろうね。こぶし野には十一も神社があるのに」

「この三つの神社が、特別に、西から来るこわいものからこぶし野を守ってるからだって。保育園の先生はそう言ってた」

「西から来るこわいもの？」

「うん」

翔君はまじめな顔で、咲を見上げる。

「あ、そうか。『サイホウさん』は『西方《さいほう》さん』なんだ。今まで気がつかなかった」

だから特別に西の方角の三神社だけの祭りがあるのか。

咲が感心したのを見て、翔君はさらに得意そうに言う。

「それにさ、この三つがすっごく強いんじゃないの?」

「強いの? そうかなあ。干支の中だったら、もっと強い守り神がいそうだけど。寅とか辰とか。つまり、虎や龍」

咲はこぶし野の英雄「虎」を思い浮かべながらそう言ったが、翔君に反論された。

「でもさ、イヌとサルとトリって、鬼退治にも行ったじゃない。桃太郎《ももたろう》と一緒に」

「あら、本当だ」

またも新発見だ。

翔君の言葉に、咲は『十二支考』を思い浮かべながら考える。

たしかに、今まで気づかなかったが、『桃太郎』の昔話に出てくるお供《とも》のイヌ、サル、キジというのは、そのまま十二支の西の方角——正確には西南西、西、西北西——の三つの干支だ。

——ひょっとして、これにも意味があるのではないか。

リンゴ飴《あめ》を片手に、咲は西の神社の鳥居を見上げて考える。その間も、翔君の手はしっかり握って離さない。相当の人出なので、五歳児の背丈ではすぐに人波に埋もれてしまうのだ。

これまた育子さんにお借りした下駄は、鼻緒《はなお》がきつい。だが、ここは我慢するしかない。咲はおしとやかに歩く（ほかの歩き方ができないのだ）。そうして二人でぶらぶらと歩くうち、翔君が金魚の泳ぐ水槽を見て、歓声を上げて立ち止まった。彼がポイを手に金魚すくいに夢中になっている間、咲はまた考える。

こぶし野の十一の神社は、すべて鳥居が町の外側に向いている。つまり、本殿正面も町の外側に向いている。

神将はどれも、守り神。こぶし野を守るために、外ににらみを利《き》かせている神様たちということだ。そしてこぶし野にとって一番外界と接しやすい――外敵が侵入しやすい――のは、地勢から言えば、明らかに西の方角なのだ。

――たしかに、理屈は合っているな。

咲は祭りの喧騒《けんそう》を背に、暗い道を眺めながら考える。

十一の神社はこぶし野の旧市街を守っているが、現代の認識ではその外側にもこぶし野町は広がっている。ただそれは近代以降の人間の考えであって、神様の管轄《かんかつ》はあくまでも旧市街の盆地なのかもしれない。

そして、こぶし野の西側には、古代からの大街道――東海道――がある。

ついでに言うと、咲が来る時に使った駅も、真南にある午《うま》の神社の外側だ。鉄道の線路も十一の神社をつなぐ旧道の外側を大きく曲がっている。

こぶし野の古い町並みは、新しいモノを取り入れないようにして歴史を重ねてきたようだ。

咲は、矢上教授のある講義を思い出した。

古い、城下町と言われるような都市では、鉄道の駅は町はずれに建設されることが多いと。そのため、駅と昔ながらの官庁街——たとえば役所や地方裁判所、税務署など——との間には、微妙な距離がある。それほど遠くはない。バスの停留所で数カ所程度。歩こうと思えば歩けないこともない程度の距離。

——もちろん、明治以降に鉄道を敷設《ふせつ》し駅を作るためには、それまで宅地などにされてこなかった町はずれの土地が使いやすかったという理由もあるだろう。だがそれだけではないように思う。文明開化を迎えたばかりの人々の心理には、まだ、新しく流入してくるモノへの警戒感が強かったのではないか。だから、自分たちの心理的なよりどころである町の統括地とは、一定の距離を保ちたかった。その一方で物資の流入は歓迎すべきことでもあったから、不便を感じるほどには隔離《かくり》もしたくなかった。そこで、両者の間につかず離れずの絶妙な距離を設《もう》けたのではないか。お屋敷の正門に対して、下世話なモノを取り入れる勝手口を別に設けるように。

教授のその仮説の正否は措《お》くとして、こぶし野の町の造り方にも同じような現象が見られる。午の神社の外側にこぶし野駅を作ったところに、この町の住人の用心深さが見て取れる気がした。

駅はたかだか百年余りの歴史だが、それでは古くからの街道についてはどうだろう。

今、咲が眺めているこの道は、参道からそのまま江田街道と呼ばれる古くからの往還につながっている。その江田街道は、西日本から東京へとつながる東海道が半島手前で大きく北へ曲がる、ちょうどその屈曲部にぶつかっている。西日本からの旅人にとってみれば、東へ下る途中、岬の付け根へ行先を転じる者だけがこの江田街道へ入ってきたのだろう。

咲は、「虎」の戦いを思い浮かべてみた。

あの伝説には敵の詳細は書かれていなかったが、西に――まさにこの酉の神社の外側に――本陣を構えた敵は、東海道を西から進軍し、まっすぐにこぶし野を落とそうとしたというのが自然な説明だろう。

日本が国家としての形を成して以来、関東に限って言えば、征服者はだいたい西の方角から来たものだ。ヤマトタケルの東征は半ば伝説上の出来事としても、坂上田村麻呂《さかのうえのたむらまろ》も朝廷の意を受けて東国討伐に乗り出したわけだし、坂東《ばんどう》の地のエポックメイキングな出来事としての徳川家康《いえやす》の江戸入りも、西の三河《みかわ》からの転封《てんぽう》だ。北や東北からの脅威ももちろんあっただろうが、それらは大きくとらえれば同じような生活風習を持った、いわば同族間の争いだ。

それに対して西から来るものは、新しい文化と新しい文物だった。西の方角は、都へ、大宰府《だざいふ》へ、海へ、さらにその先の大陸へと、果てしなく続いていく。

西からの流入。

例外がいくらでもあることは大前提だが、東日本の歴史を非常に大まかにとらえれば、そうなる。古代大和《やまと》政権がまがりなりにも日本列島を統一したと言える頃から、政治や文化伝播《でんぱ》のメインストリームは西から東へ、だった。

地球が自転し、偏西風が西から東へと永遠に吹き続ける北半球中緯度帯。そのエリアで西のユーラシア大陸からの影響を受け続けた極東の地日本は、西からの影響を否定することはできない。

咲は、この夏にたくわえたこぶし野の歴史をざっとおさらいする。

こぶし野は日本史の中で政争の中心になることはなかったが、大づかみすれば、坂東武者の勢力争いのはざまを生き抜き、織田・豊臣《とよとみ》という覇者が台頭した戦国末期は弱小豪族としてその時々の強き者に従い、徳川の世になる頃に城館と土着の城主を失った。

『こぶし野の伝説』によると、「虎」から数えて八代目の城主嘉久《よしひさ》の時に城館が焼失したあと、城の再建を許されなかったという。

多気浦から竹浦に姓を変えたのは十代目の嘉尚《よしなお》の時だ。時代は江戸に入っていた。竹浦嘉尚は名字帯刀《みようじたいとう》を許され、こぶし野の名家としての地位は保証されたものの、大名はおろか、士分《しぶん》にすら取り立てられることはなかった。江戸に近く、東海道という大動脈にも近かったせいだろうか。この半島は幕府直轄地となり、行政的には代官が支配した。

支配者の地位を失った竹浦家は、こぶし野でひっそりと生き続けてきた。

そして江戸幕府の支配者、言わずと知れた徳川氏は三河の出。これまた、こぶし野にとっては西から到来した覇者だ。「虎」は西から来た軍勢を一度は撃退したものの、歴史の大きなうねりの中、その子孫は、いつまでも抗《あらが》い続けられなかったということか。

――西からの敵を、神様たちも防ぎきれなかったということかな。

そして、時代の流れに飲まれていった。

ちょっと感傷的になりながら、咲はその晩、矢上教授にサイホウさんの祭りや竹浦家についての知ったことを報告した。西への守りを固めようとしていたこぶし野の姿勢についての考察も。

すると、こんなアドバイスが返って来た。

――サイホウさんの三神社が守ったものとは何かについて、さらなる考察が可能ではないか。カミが防ぐものは直接的な敵とは限らない、そこに留意のこと。

咲は首を傾げた。ほかに、どんな敵が考えられるのだろう?

最終的に、守り神たちは役目を果たしきれなかった。けれど今でも大事に祀られている。神が防いでいたものは、敵の軍勢だけではなかったというのだろうか。

それにしても、矢上教授は、またしてもそっけない。

――カミが防ぐものは直接的な敵とは限らない、そこに留意のこと。

「親切じゃないんだから」

咲は口を尖《とが》らせた。

しかしまあ、教授の論理はもっともでもある。たしかに、甲冑に身を固めた侍だけがこぶし野の人たちの敵ではない。暮らしを脅《おびや》かすものはもっと多様だったはずだ。天災、飢餓《きが》、病気……。

そんなことを咲が考えている間に、サイホウさんの祭りの宵宮は終了した。


その翌朝のことだった。

咲が起きてみると、なんだか家の中が騒がしい。

「どうしたんですか」

「ああ、咲ちゃん、ちょっとすごいことになってるの」

育子さんが、興奮で目をきらきらさせながら言う。その横には、娘さんの由香里さんもいた。庭からは、翔君の声もする。出勤と登園前に何か用事があって立ち寄ったのだろう。

「殺人事件が起きたんですって」

「え？　こぶし野でですか？」

「ううん、違うの。でも事件の被害者に、竹浦さんのお身内が関わっているの」

「お母さん、騒ぐのはほどほどにね」

由香里さんはそう言いおくと、翔君を連れてさっさと出かけて行った。その場に残ったのは、育子さんと咲だけになった。

テレビの中からは、顔を出さずにインタビューに答えている男性の声が流れてくる。

そうしたテレビからの情報に、育子さん独自のローカル情報を足していくと、事件の概要はこうなる。

今朝早く、東京都目黒《めぐろ》区内のマンションで、その家に住む男性の死体が発見された。死亡していたのは会社員、流田健一《ながれだけんいち》さん、三十九歳。死因は左胸を刺されたことによる失血。死亡推定時刻は午後十一時から翌未明二時の間。

発見したのは、隣室の住人に呼び出され、流田家のチャイムを押したマンション管理人だ。

「前から時々生活音でトラブルになっていたんですが、今日も早朝から大きな音がしてうるさいって、お隣さんから苦情がありまして」

このマンションは管理人常駐型ではなかった。朝八時、管理人が出勤してくるのを隣人はいらいらと管理人室の前で待ち構えていて、顔を見るなり不満をぶちまけた。

曰く、昨夜も深夜二時ごろまで流田宅はうるさかった。いや、壁越しなので言葉がわかるほどではない。ただ複数の人間の話し声が延々と続いていて、こちらとしては眠りを妨害され、迷惑なことこの上ない。ここまで悪質なのは初めてだ。もう我慢できない、ろくに挨拶をしたこともない隣人だが、苦情を言いに行こうか……と我慢の限界に達した頃、突然その声がやんだ。

だから、とりあえず文句を言うのは明朝まで待つかといったんは眠りについたのだが、腹の立つことに、翌朝五時過ぎから、今度はやかましい音楽が始まった。こうなったら徹底的に抗議しよう。自分一人が行ったところで話に応じないかもしれない、だから管理人さんも一緒に来てほしい……。

そこで、管理人は隣人と一緒になって流田宅へ向かった。流田家のチャイムを押しても返事がない。が、ドアには鍵《かぎ》がかかっていなかった。

管理人が声をかけつつドアを大きく開け、家の中をのぞきこむと、廊下のはじに誰かの動かない手が見えた。しかもその手は明らかに血塗られていた。

流田健一はリビングで倒れ、こときれていた。スイッチの入ったテレビからは、NHKの朝のお子様番組が流れていて、元気いっぱいの歌声がリビングの中に充満していた。

つまり、昨夜何者かが流田氏を殺害し、そのまま逃走した。玄関の鍵はかけず、明かりもつけたまま。NHKテレビがかなりの音量でつけっぱなしだったのは、流田氏と犯人との争う声が隣に聞こえないようにという狙いだったかもしれない。隣人はたしかに争う声には気づかなかった。聞こえたのは、深夜の時間帯だけ放送中止になるテレビ番組だけだったのだ。

流田家は、子どものいない、夫婦二人暮らしのはずだが、発見当時、妻は家にいなかったようだ。その後も一切、妻については報道されていない。

ところで、流田氏の実家はK市だ。母は亡く、建設会社経営の父日和田勝治《かつじ》氏もつい先月他界している。次男だった流田氏は妻の姓を名乗っているために日和田姓ではない。姉は独身で海外在住、兄の日和田創《そう》氏は数年前、自動車事故で亡くなっている。残された妻との間には娘が一人。

そしてこの流田氏の義姉《あね》こそ、竹浦卯津貴、つまりこぶし野の名家竹浦家の一人娘なのだという。

「……なんだか、殺人事件に関わっているといっても、ずいぶん薄いつながりに思えますけど」

咲は育子さんにコーヒーのお代わりを注いでもらいながら、そう感想を述《の》べた。

「殺されたのは死別した相手方の、弟さんでしょう。すでに縁が切れている間柄じゃないですか」

「ここまでの説明だと、そう思えるでしょうけどね」

育子さんは自分のコーヒーにミルクをどっさり入れながら、言葉を続ける。

「ただ、日和田建設の関係者って聞くと、どうしてもいろいろ思い出されて、他人事《ひとごと》じゃなくなっちゃうのよ」

「それは、この間育子さんが教えてくれた、その建築会社の一族の人と竹浦家のお嬢さんの結婚のせいですか」

「うん。もともと、日和田さんと卯津貴さんの結婚には、いろんな思惑《おもわく》があったの。恋愛結婚じゃなかったし。互いにふさわしい相手を探していて、これはお似合いの一組だと、まあそういうふうに周囲がお膳立てしたのね。羽振《はぶ》りのいい経営者一族のご長男と、由緒《ゆいしょ》正しい一族の一人娘。まあ、いいご縁談と思われたのよ」

「はあ」

「それで、今回亡くなった流田健一さんは、もともと大手不動産会社勤務で、現在は系列の子会社コー・エステートに出向中。共同住宅の管理を請け負う会社だとか」

「ああ、そうか、そんなこと、この前育子さんに聞きましたね」

「そう。ちなみに兄弟のお父さんが経営していたのが、その名も日和田建設株式会社。お父さんが創始者で会長だったんだけど、ついこの間亡くなったわ。まあ尋常なご病死だったけど、ほんと、あのご一家もご難続きねえ」

「あれ？　その会長さんが亡くなられて、竹浦卯津貴さんと結婚したご長男もすでに事故死されているんですよね？　それで、今回殺された次男さんは別会社に就職していた。長女さんは海外。じゃ、その日和田建設の経営は誰がしているんです？」

「卯津貴さんのご主人の創さんが亡くなられたあとは、やり手と言われた副社長が実権を握ったの。しばらくしてから社長になったわ。この人は日和田さんの係累《けいるい》ではないんだけど、すごく有能で、会社の業績をずいぶん伸ばしたみたい。昔だったら大番頭って言われるような人。創さんの弟の健一さんは、秀才だったのを買われて、実家の経営を手伝わずに東京のコー・エステートの親会社に就職したの。そういう大きな会社につながりを持つのも、実家に便宜《べんぎ》を図ってもらうためって言われたものよ。K市ってこのあたりでは都会ってことになってるけど、何と言っても地方都市だからね。日和田建設も地元でこそ羽振りがいいけど、結局東京の大手から仕事を回してもらう立場でしょう。そういうところに息子がコネを作っておくのは、日和田建設にとっても大事なことなんじゃないの？」

「はあ。そうして、婿入りする形で、東京暮らし。流田って家がすごいセレブなのかしら」

咲はそう相槌《あいづち》を打つ。そう言えば育子さんは「東京」という言葉を頻繁《ひんぱん》に口にするな、とぼんやり考えながら。

「育子さん、日和田建設の内情にずいぶんくわしいんですね」

「もともとは、何も知らなかったのよ。でもなにしろ、合併の時に暗躍したのが、日和田建設の、特にその雇われ社長だって言われたからね。合併話に対抗するために、これでも地元の婦人会のみんなでいろいろ調べたのよ」

急に話が飛んだので、咲は一瞬混乱した。

「合併？」

「そう。市町村合併」

「こぶし野がどこかの自治体と合併するってことですか？」

そんな話は『こぶし野の歴史』には出ていなかったと思う。

「K市との合併話が持ち上がったことがあるのよ。結局立ち消えに持ちこんだんだけど。でも、一時はいよいよ本決まりになるかってみんなで心配したものよ。それで、とりわけ熱心にこぶし野との合併を進めようとしていたのが当時のK市長と、そして日和田建設」

「それは、卯津貴さんのご主人が亡くなった後ですか？」

「具体的な計画を私が聞いたのは、創さんの死の少し前ね。でも、水面下で画策《かくさく》していた人たちは、ずっと前から動いていたんでしょう。私たちは全然知らなかったけど。日和田建設の後ろには、もちろん、東京の大手企業がビジネスチャンスだとばかりにくっついていたし」

また、「東京」というワードが出てきた。

「日和田建設自体には、それまでそんなに悪い評判はなかったんだけどね、竹浦嘉広さんと向こうの会長も、古い友人だったくらいだし。でも、創さんが亡くなってさっき言った副社長が社長に昇格してから、とにかく合併推進だって大運動を始めたの」

育子さんは微妙な表情を浮かべてみせた。「そうなると、夫を亡くした卯津貴さんも、ちょっと微妙な立場になってね。なにしろこぶし野一の名家が実家で、こぶし野は合併反対派が多かったわけだから。そもそも、あのご結婚自体も、いろいろ難しかったのかしらね。政略結婚とは言わないけど、まあ……」

だがそこで、噂《うわさ》話に邪魔が入った。

「お母さん、無責任なことは言わないで」

きつい声で割って入ったのは、娘さんの由香里さんだ。

「あ、由香里、まだいたの？　てっきりもう保育園へ送りに行ったかと……」

育子さんがばつの悪そうな顔になる。

由香里さんはつかつかと入ってくると、食器棚の上に置いてあった保育園の「連絡帳」を取り上げた。忘れものらしい。そしてしゅんとした顔の母親と咲を交互に見ながら、きっぱりとした声で言う。

「卯津貴さん、幸せだったのよ。なのにご主人が不幸な事故で亡くなって、そのあと大騒ぎになった合併話で、悲しむ暇も与えられないみたいになっちゃって。K市にいれば、こぶし野側を説得しろって急き立てられるし、こぶし野の人たちからは、結局日和田建設にいいように動くのかって勘繰《かんぐ》られるし」

そして、由香里さんは咲に説明するように言葉を続ける。

「自治体合併の話は、K市側が強引に進めようとして、怪文書まで出回ったから、たまりかねたこぶし野側がご破算《はさん》にしたの。ご破算になって当然の無茶な計画だったけど、卯津貴さん、一時は板挟みになって大変だったんだから。今も退院したばっかりなんだし、変なことに巻きこまないで」

「あ、そうよね、私たちじゃたいしたお手伝いもできないものね……」

育子さんがぼそぼそと相槌を打つのをもう一度にらんでから、由香里さんは足音高く出ていった。

た。

「翔！　行くわよ！」

玄関のあたりで息子を呼ばわる声がして、そして、がらがらぴしゃんと玄関の引き戸が閉まった。

育子さんは子どものような顔になって肩をすくめた。

「……しかられちゃった」

「怪文書って、何ですか」

由香里さんは、竹浦家の卯津貴さんという人と個人的につき合いが続いているのだろう。悪意がない母親にでも、友人のことをあれこれ言われたくないのかもしれない。

だから咲は、話題を変えてみたのだが、それで育子さんは元気を取り戻した。

「隣のK市にこぶし野が接している北西エリアって、今も再開発の途中で、鉄道会社なんかもそこにからんで住宅地に生まれ変わってるでしょ。私が学生の頃は、ほとんど畑と山林しかなかったのに。で、あのエリアに大きなショッピングモール建設の話もあったの。K市とこぶし野町が合併したら、モール内に大規模な文化センターや行政施設も入れる。税金投入できるから、相当大がかりなものが造れる、周辺道路も整備できるって。こぶし野側の住宅地からの買い物客も見こめるけど、もっと大きな新興住宅地が隣市には広がっているから、集客はそちらがメインターゲットって言われていたわ」

ショッピングモール、大規模複合施設建設。

不動産会社や建築会社にとっては大きなビジネスチャンスだ。そのくらいは、咲にも察しがつく。

「だけどその具体的な計画が発表されたら、市町境《しちようざかい》のこぶし野側にある埴湧水地《はにゆうすいち》がつぶされることがわかってね。こぶし野から大反対の声が巻き起こったの。もともと古い住民には、東京の大手企業が音頭《おんど》を取ってる計画なんて眉唾《まゆつば》ものに決まっている、また騙《だま》されるって人も多かったけど、湧水地がなくなることがわかったら、ほとんどの人が反対派に回っちゃったの。なにしろ、埴湧水は桂川の水源のひとつなんだから。ショッピングモールなんかよりも、きれいな水のほうがよっぽど大切だっていう方向で、こぶし野側の意見がまとまってきたの」

育子さんの鼻息がだんだん荒くなる。

「なるほど。で、その怪文書っていうのは……」

「そうそう、埴湧水地を守ろうって運動に水を差したかったんじゃない？　あの湧水は水質が悪くて飲用に適さない、だからつぶしたところで問題ないって論調の怪文書が出回ったの」

「本当にそうだったんですか？　何に汚染されてたんです？」

育子さんは力強く首を振った。

「そんな汚染源、ありはしないわよ。埴湧水はみんなが大事に守って来た山の中にあって、近くに工場とか廃棄場とか、そんなのは何ひとつ造られたこともなかったんだから。でも、昔々あの辺の山には鉱山があってその鉱脈が今も残っている、だから危ないんだって、まことしやかにささやかれてね」

「鉱脈ですか」

これまた、こぶし野の郷土資料には出てこなかった情報だ。

「何を採掘してたって言うんです？」

「それがねえ、水銀なの」

「水銀？」

本当だとしたら、とんでもない物質ではないか。

「一度は基準値を超える水銀が検出されたって大騒ぎになった。でもその水質検査をしたのがコー・エステートとも同じ傘下《さんか》の兄弟会社で、こぶし野住民側が再検査を別の機関に頼んだら、まったく問題なしの数値が出たの。それで、この件はおしまい」

育子さんは誇らしそうに言った。

「怪文書騒ぎが収まった時には、もうこぶし野の誰も、合併に賛成する人はいなかったわね。住民投票の結果も反対派圧勝。それで、片がついたってわけよ」

「よくわかりました。ところで、なんで唐突に水銀検出なんて言われるようになったんでしょうね。そんな場所じゃなかったんでしょう」

「それが、地名のせいですって。『埴』っていうのはあとからの当て字で、もともとは『丹生《にう》』と呼ばれた地だ、って怪文書はでっちあげたのよ。『にう』から『はにゅう』になって『はに』

って呼び方が変わったんだって」

「ああ、なるほど」

育子さんがテーブルに指で書いた文字を見て、咲は納得した。

丹生。古代にはたしかに「丹――硫化水銀――の産地」を指した言葉だ。そして、現代では「水銀」と聞くだけで、汚染、公害、健康被害、そんなものを連想してしまうが、古代では、水銀は大変貴重な産物で、高価なものだったのだ。

「そうですよね、こぶし野で水銀が採れたなんて、何も文献に残ってないですものね」

こぶし野町立図書館に日参していた咲は、自信を持ってそう言える。育子さんも、大きくうなずいた。

「でしょう？　それで、こぶし野で水銀が採れたって主張する側の根拠が笑っちゃうのよ。こぶし野みたいにたいした産業もない貧乏《びんぼう》な土地が、細々と農業や手工業だけで今までずっと生き残ってこられたわけがない。実はこぶし野はひそかに水銀を売ってきたんだ、だから存続し続けられたんだって言うの」

「あ、……それはたしかに失礼すぎる」

「でしょう？　水銀騒ぎが起きた時は、由香里もかんかんだったわ。あの子のお店、こぶし野のきれいな水を使った和菓子っていうのが売りだからね。水銀汚染なんて風評が起きたら、死活問題よ。まあ、根も葉もない悪質な噂として終息したからよかったけど」

咲は、由香里さんのさっきの険《けわ》しい顔を思い浮かべた。合併だの大規模開発だの水質汚染を言い立てる怪文書だの、相当生臭《なまぐさ》い騒ぎだったのだろう。

そして合併は流れたものの、こぶし野の名家の出の卯津貴さんは、こぶし野の世論と婚家との板挟みになってしまった。婚家の日和田建設からの風当たりも強かったのかもしれない。

それから、咲はもうひとつ思い出した。

卯津貴さんの結婚相手の家に、竹浦家の息子さん——卯津貴さんとは母親違いの弟——も、就職で世話になっていたという。

その息子は、今どんな立場なのだろう。

「あれ？」

咲は声を上げた。

「あの、育子さん、竹浦さんの息子さんの就職先も、たしか……」

「そうなのよ」

育子さんはまたうなずいた。

「たしか、コー・エステート。殺された人と、同じなのよ」

異母姉の立場の変化はともかく、以前にはそれなりにつながりのあった人が殺されたとなったら、その弟さんにも、今頃影響が出ていたりするのだろうか。

そろそろ就活を考える学生として、咲もつい、そんな方面へ想像が行ってしまう。

それでも、あくまで他人事だ。

今日は雨模様のぐずぐずした日なので、あまり外に出たくない。そこで咲は、種田家の二階でごろごろと読書や昼寝を楽しんだ。

その間、目黒のマンション殺人事件にめだった進展はなかったようだ。夕方、咲がパソコンを開いてみると、ネット上の素人探偵たちの興味は、被害者の妻に集中していた。

まあ、無理もないのかもしれない。

夫婦二人暮らしのマンションで、被害者の妻の姿は現場になく、今まで警察もマスコミも無言だとすれば……。

いなくなった妻は何を知っているのか。なぜ、何も報道されないのか。

誰もが真っ先に考えつきそうなことだ。しかも現場のマンションはオートロックで、気軽に第三者が入りこめる構造ではないらしい。

妻については、さすがに実名を出しているようなものは見当たらなかったが、実家も都内、お嬢様大学にエスカレーター式で進学、高校時代には乗馬でインターハイ出場……。そんな書きこみが目についた。きらびやかな経歴の持ち主らしい。流田家ってすごいセレブそう、自分がそんな感想を持ったことを咲は思い出した。

さらに、気になる情報があった。

会社で被害者の部下に当たる人物と口論していたのを見たことがある、と匿名《とくめい》の書きこみがあったのだ。

――そいつ、被害者と同郷で後輩らしい……。

こういう声は、いつでも無責任に湧《わ》いて来るものだろう。だが、「後輩」について、同郷だなどと妙に具体的な情報を出しているのが気にかかる。

同じ会社に勤める部下で同郷の後輩と言ったら、たしかに竹浦龍という人物はあてはまってしまうではないか。K市とこぶし野の関係など知らない、ローカルな住民以外には、ひとくくりに同じ地域と片づけられてしまいそうだ。

咲がパソコンを閉じて茶の間に行ってみると、テレビがついていて、むっつりした顔の忠雄さんが一人でそれを眺めていた。

朝にも流れていた、隣人の音声がまた聞こえる。昨夜も遅くまでテレビが、今朝も朝早くからやかましく……。

ほかにも、搬送された遺体を目撃したとかいうマンション内の住人が、興奮した口調でインタビューを受けていた。

――はっきり見えませんでしたけどね、チノパンみたいなグレーのズボンを穿いた脚《あし》と、そうそう、髪も別に乱れた感じじゃなくて……。

忠雄さんがむっつりとした顔のまま、テレビを消した。

なんとなく種田家の空気も重苦しい。咲は台所に顔を出し、育子さんにお手伝いを申し出た。

「じゃあ、お買い物、頼まれてくれる？　私、急いで保育園に翔を迎えに行かないと……」

「もちろん、行きますよ」

さいわい、雨はようやく上がっていたが、湿度が高くてうっとうしい。

咲が、育子さん指定の魚屋に行ってみると、そこには、ネット上よりもさらに生臭い噂が充満していた。

東京のマンションで殺された、竹浦さんのお嬢さんの元夫の弟さんについて。ずいぶん回りくどい関係性だと思うのだが、噂はもっぱら竹浦家に集中している。

「竹浦さんのところの息子さん、何て名前だっけ？」

「龍さんよ。娘と同じ高校だった」

「殺された人と同じ会社に勤めていたんでしょ？　いろいろ知っているんじゃないかしら」

「そう言えば今年のサイホウさんの三社祭、なんで龍さんは帰って来てないの？」

「龍さん、この間町役場の相談コーナーで変なパンフレットを眺めていたのを、うちの娘が見てたんだけど」

「パンフレットって、何？」

「それがねえ、アルコール依存症？　とかの互助会みたいなのの紹介ですって」

「ええ？　大丈夫かしら」

「それで娘も、つい声をかけてみたのよ。そうしたらにらまれたって」

「ねえ、そう言えば、被害者の後輩が怪しいって言われてるって、息子が言うんだけど」

「あら。龍さんの会社って、あの殺された人と同じってあなたさっき言ったわよね。龍さん、いくつ？　二十八歳？　じゃあ、後輩よねえ」

「被害者と会社で先輩後輩の仲って、それだけなの？　うちの娘、先月同窓会で龍さんに会ってるけど、すごくぶっきらぼうで全然話に乗ってくれなかったって。恋愛話とかしようとしても、興味ないって逃げられたとか」

「何か悩んでるんじゃない？」

獲《と》れたてのアジをタタキに作ってもらうのを待つ間に、おばさんたちの話はとんでもないところへ発展していった。

——竹浦さんちの龍さん。殺された流田健一さんの奥さんと不倫でもしていたんじゃない？

由香里さんがこの場にいたら、激怒しそうな暴論だ。咲は早々に逃げ出した。

第五話

未《ひつじ》の門

目黒のマンション殺人事件の続報は、なかなか入ってこないようだ。

土曜日の午前中、蟬の声が聞こえるのどかな種田家の茶の間で、咲はテレビに聞き耳を立てているのだが、捜査の進展は一向《いっこう》に報道されない。

「竹浦さんのおうち、やっぱり気をもんでいるでしょうねえ」

珍しく、育子さんが心配げな顔でそう言い出したのは事件発覚の翌朝だ。

「でも育子さん、テレビでは全然具体的な内容が報道されませんけど。警察に任《まか》せておけばいいんじゃないですか」

咲がそう言っても、育子さんは深刻そうだ。

「そうねえ、噂なんてあてにならないわよね。でも、みんなが言っているうちに、さも本当のことのようになっていくだけのものだしね。狭い町の中だもの」

「はあ」

「ただね、ひとつだけ、ひとつだけよ、気になるとすればね。竹浦龍さんがサイホウさんの祭りにも、こぶし野に戻ってこなかったでしょう。誰かね、お仕事が忙しいから来られないのかって嘉広さんに聞いてみた人がいるんですって。でも、知らないってお返事で、でもやっぱり、何かあったのかなと思ってしまうものだから……」

言いかけて、育子さんは気がついたようにつけ加えた。

「私がこんなことを言っていたなんて、由香里には黙っていてね。またあの子に怒られちゃう」

「わかってます」

娘の由香里さんは、竹浦家のお嬢さんと親しくしているのだ。そして、こぶし野中に広がっている噂話に腹を立てている。

「竹浦さんのおうちでは、あなたにも何も話していないのよね……」

育子さんが言いさして夫の忠雄さんの顔を窺《うかが》うと、忠雄さんはむっつりとしてうなずく。

「当たり前だ」

「そうですよねえ」

それから、育子さんは気分を変えるように、明るい声で聞いてきた。

「咲ちゃん、今日はどうするの？」

「図書館に行きます。いい加減にレポートを書き上げてしまおうと思うんですが、参考文献に使った図書館の蔵書の書誌事項の中でちょっとあやふやなものがあるので、それの確認に」

「そう。じゃあ、今日は私、翔を保育園に迎えに行って家に帰って来るのが少し遅くなるから、家の鍵を忘れずに持って行ってね。忠雄さんも、家を空けているかもしれないし。私たちが帰って来るのが咲ちゃんよりも遅くなるかもしれないから。ご飯も、それぞれで食べられるようにしておくから」

「はい」

「あと、明日の夜、翔がこの家にお泊まりするので、よろしくね」

「あら、由香里さん、何かあったんですか?」

「別にたいしたことじゃないのよ。ただ、あの子の勤めているお店は、いつも月初めに一日だけ、大忙しの書き入れ時の日があるのよ。今回は特に、その日が明後日《あさって》の月曜日に当たっていて、翔君のパパも明日の日曜日、お仕事を休めないって言うので、いっそのこと、明日の日曜の午後から、一泊二日で翔をうちで預かるってことになったの。月曜日の朝は、ここのうちから保育園へ送っていけばいいいし」

「了解です。行ってきます」

育子さんに見送られ、咲はいつもの自転車で出かける。

古びた図書館も古びた蔵書も、すっかり見慣れたものになっている。参考資料の書誌事項をメモし、閲覧室の隅でパソコンを広げてそのリストを打ちこむ。そのまま、ここでレポートを書き上げてしまうことにした。

この閲覧室ではパソコン使用が許可されている。

書き始めると、今までにないほど筆が進んだ。そして途中に何度か休憩を挟み、終わりに近づいた頃だ。

突然館内が明るくなった。驚いて顔を上げると、窓の外が暗くなっている。

そんなに時間が経《た》ってしまったのか。今日は土曜日だけど、この図書館は午後九時まで開館のはずだからまだ大丈夫か……。

時刻を確認すると、まだ午後三時過ぎだった。

――それにしては、この暗さは……。

咲が気づいたのと同時くらいに、青い稲光《いなびかり》が走った。

来る、と身構えるより早く雷鳴がとどろく。そして、激しい雨になった。

司書さんたちが、あわてて窓を閉めて回っている。この建物は空調も老朽化《ろうきゅうか》しているため、開いている窓がたくさんあるのだ。

それをよそに咲は最後の考察を書き上げ、データが保存できているか、確認した。

――よし。終わり。

パソコンを閉じて、咲は大きく伸びをする。

ようやくレポートは書き上がったが、別に帰りを急ぐことはない。どうせこの雨が上がるまでは、外に出るわけにもいかないのだから。土砂降りの中、荷物やパソコンを濡《ぬ》らす危険を冒《おか》して自転車をこぎたくはない。

解放感に満たされて書架の間をぶらついていると、さすが古い図書館、面白いお宝の蔵書があちこちに見つかる。特に、サンリオSF文庫がほとんどそろっているのには、小躍《こおど》りした。これは、矢上教授に自慢できる。教授の蔵書にもなかった『ムーンスター・オデッセイ』があったのだ！　一度は入手したものの、なぜか現在矢上教授の研究室内で行方不明中らしい。もちろん、咲は初読である。

咲はこぶし野町民ではないから、貸し出してもらうわけにはいかない。しかし、この場所で読むことは許される。

だから、咲は席に戻ると、育子さんには「少し帰りが遅くなりますが、心配しないでくださ い。夕食も待たないでくださいね」とメールで連絡を入れ、それから本腰を入れて読み始めた。

途中で雨が上がり、夕日が射してきたのも意識の片隅で気づいていたが、どうでもよかった。

閉館時刻の午後九時近く。

咲は、デイヴィッド・ジェロルドの『ムーンスター・オデッセイ』を棚に戻し、満足しきって図書館を後にした。

レポートは書き上げたし素晴らしい読書体験ができたし、今日はものすごく咲の運勢がよい一日だったに違いない。

心が満ち足りていた咲は、帰って一人だけの夕食をいただいた。忠雄さんと育子さんは少々お疲れのように見えたので、どうぞお休みくださいと勧《すす》め、自分の食器を下げ、洗い、洗い籠《かご》に伏せられていた忠雄さんや育子さんや翔君の食器と一緒に拭《ふ》いてしまう。すべて世はいつものとおり、こともなし。

そうして、自分もすぐに部屋に引き取った。

これで、こぶし野に来た目的は果たしたことになる。そろそろ、家に帰ることにしようか。

「翔君の夕方お預かり週間」も終わりに近づいているはずだし、明日のお泊まりが終われば、しばらく由香里さん一家も余裕ができるらしい。

というわけで、翌日の日曜日、咲は使わせてもらっていた部屋の片づけや、せめてお礼のつもりにと夕食作りに精を出した。

そして、半日かけて煮こんだビーフシチューが完成に近づいてきた頃、育子さんと翔君が帰ってきた。

今日は保育園もお休みなので、午後からやって来た翔君を、育子さんが外遊びに連れ出していたのだ。

「お帰りなさい。もうすぐ、夕ご飯ができますから」

「まあ、ありがとう。あらあら、ビーフシチューができあがったの？　おいしそうな匂いね。この暑いのに、よく台所で頑張ってくれたわねえ、ありがとう。そうだ、冷蔵庫にいただいたスイカが冷えていたでしょう、ご飯前だけど、食べなさい」

「はい」

咲は育子さんの指示でスイカを切り、茶の間で寝転んでテレビを見ている翔君のところに持って行った。

「翔君、スイカ食べよう」

だが、翔君の返事がない。いつもなら大喜びで飛び起きるところなのに。

そう言えば、今日はまだ翔君の元気な声を聞いていない気がする。

「翔君、どうかした？」

翔君は無言でかぶりを振って、スイカに手を伸ばした。だが、いつもに比べると、食べ方がのろのろしている。

咲がそっと育子さんを見ると、育子さんが手招きして咲を台所へ導いた。

そして、小声で言う。

「なんだかね、今日は外で遊んでいても元気がないの。だから早々に帰って来たのよ。熱もないし、おなかが痛い様子でもないんだけどね……」

「昨日、保育園でお友だちとけんかでもしたんでしょうか」

「さあねえ。『どうかした？』って聞いても、首を振るばっかりで。暑い中を神社さんまで行くって言い張るのにつき合ったんだけど、歩きすぎて疲れたのかしらね。実はね、昨日の夕方、ちょっと翔の姿が見えなかったことがあったの。私も忠雄さんも、お互い相手が翔と一緒だとばかり思いこんで、気づくのが遅れちゃってね。結局家のそばで遊んでいただけだったので、その時はそれですましちゃったんだけど……」

ふと見ると、翔君がじっとこちらに目を当てている。それに気づいた育子さんは、さらに小声でささやいた。

「由香里に聞いてみようかしら。何と言っても母親だもの、任せたほうがいいかも。さあ、おばあちゃんは、翔君の好きなポテトフライ作るわね！」

後半は、翔君に聞かせるためだろう、大きかった。そして育子さんは流しに向かう。

咲は茶の間に戻った。

母親でもおばあちゃんでもない咲がさしでがましいことをしても、とは思う。

だが、咲は、翔君の目つきが気になった。なんとなく、おばあちゃんである育子さんを窺うように、すくいあげるように見ている気がするのだ。何かを抱えているけどおばあちゃんにも言えない、そんな様子に見えた。

咲は母親でもおばあちゃんでもない。だからこそ、翔君が打ち明けやすいこともあるかもしれない。

咲は、スイカのお盆を持って、翔君を誘った。

「ね、縁側で食べない？」

翔君は素直についてきたが、手に取った二切れ目のスイカを、いつまでももてあましている。

育子さんによれば、おなかをこわしたわけでも、熱があるわけでもないらしい。

咲が急かさないように、翔君のほうをわざと見ないでスイカをかじっていると、二切れ目を食べ終わる頃、ようやく翔君が口を開いた。

「あのさ……。神様に悪いことすると、罰《ばち》が当たる？」

翔君は咲を見ない。まっすぐ庭を見つめている。

「うーん、どうだろう。でも、悪いことはしないほうがいいけどね。罰が当たるかもって、くよくよしないですむし」

咲があたりさわりのないことを言ってみると、翔君はやっとこっちを見た。

「あのさ……。ぼく、落書きしちゃったの」

「あら。どこに？」

「未の門」

「未の神社の門のこと？」

「うん」

それから、翔君はぽつりぽつりと話し始めた。

昨日。保育園からの帰りのことだ。

「ナツミちゃんが一緒だったの。なんか、うちの人がお迎えに来られないからって、育子おばあちゃんがぼくとナツミちゃんを一緒に迎えに来たんだ」

保育園では、ままあることのようだ。保護者の都合が悪くなって迎えに来られなくなる場合、保護者同士で融通《ゆうずう》しあう。保護者間で了解が取れ、その旨《むね》を双方が保育園側にきちんと報告すればよい。育子さんも一回誰かに翔君のお迎えをお願いしたことがあったから、お互い様のことなのだろう。

「そうしたら、未の門のところで、おばあちゃんがどっかのおばちゃんとおしゃべり始めちゃってさ……」

ナツミちゃんというお友だちはすぐに探検をしたがる子で、その時も鳥居の内側のどこかに消えてしまった。だが、昨日の翔君には探検よりも大事なことがあった。

「劇のお面を作らなくちゃいけないんだ」

「へえ。何の劇?」

「『桃太郎』」

もうすぐ、保育園で劇をやるのだそうだ。だからみんな、それぞれ自分の役柄に従って、お面を作っているのだという。画用紙に役の顔を描いて切り抜いて、頭に巻くための輪っかをつける。よくある作り方だ。

「翔君は何の役なの?」

「鳥。キジっていうんだっけ?　それを描かなくちゃいけないんだけどさ……」

「ふうん。翔君、絵を描くのうまいから、すぐに描けるでしょ」

翔君はもったいぶって首を振った。

「鳥の顔を前から描くの、うまくできないんだ」

「ああ、たしかに」

犬や猿なら描きやすいし、お手本もたくさんありそうだ。でも、キジを真正面から描くのは、咲でも困るかもしれない。くちばしがそれらしく見えるのは、横向きの時なのだ。

絵が得意な翔君でもこれはむずかしく、園では迷ってしまって完成させられなかった。そこで、おばあちゃんたちの話が長いのをさいわい、翔君は自分の手提《てさ》げから制作中の画用紙を引っ張り出して、続きを描き始めた。

「あのさ、鳥って、羽があるじゃない？　だから、顔の横に羽つけてみようとしたの」

「なるほど」

「そうしたら、紙からはみ出しちゃって……」

みんながいた門のところは、雨上がりで石段が濡れていた。そうだ、昨日の午後は、短時間だが激しい雷雨があったのだ。翔君は仕方なく、乾きかけていた門の柱に画用紙を当て、立ったまま描いていたのだそうだ。そうしたら勢いよく動かしたクレヨンが画用紙からはみ出し、柱にも線が描けてしまったのだという。気がついて画用紙を取りのけると、茶色いクレヨンで描いた羽の先っぽだけが、柱の下の部分に残ってしまった。

「急いで消そうとしたんだけど、クレヨン、消えなくて……」

「それでどうしたの？」

「おばあちゃんたちからちょっと離れたところにいたから、おばあちゃんは気づかなかったんだ。話したらしかられるから、そのまま帰って来ちゃった」

「そうか……。じゃあ、お姉ちゃんと一緒に消しに行こうか」

クレヨンは、どんな洗剤を使えば消えるだろう。それとも正直に言って頭を下げて、専門家に任せるべきだろうか。十一の神社は、こぶし野町の文化財に指定されていたはずだし、子どもの落書きでも、大げさに言えば損壊という犯罪になるかもしれない。

だとすると、やっぱり由香里さんや育子さんや忠雄さんに白状しないといけないか……。

いろいろと咲は考え始めていたが、翔君はますます目を大きく見開いて、こう言った。

「それだけじゃないんだよ、その絵が消えちゃったんだよ！」

「消えた？」

咲は間の抜けた声を出す。翔君は大きくうなずいた。

「どうしても気になったから、昨日おばあちゃんとこの家に帰ってきてから、もう一度、一人でこっそりその門まで行ったんだ。消しゴム持って」

「一人で行ったの？　そのほうが、お母さんや育子さんに怒られるよ！」

翔君がこの家に帰って来るのは、いつもだいたい午後五時ごろ。昨日は少し遅かったそうだから、そのあとでまた外へ出たとすれば、秋も近いこの頃なら、すぐに暗くなり始めてしまう。

翔君は口をへの字に曲げた。

「だって、どうしても気になったから」

さっき育子さんが口にしていたのは、このことか。

「それで、『消えた』って言ったよね。それはどういうこと？」

「そうなんだよ」

よほど不思議な体験だったのか、翔君は急きこんで話し始める。夢中になったせいで、説明の前後があやふやになる。咲は苦労して、その話を整理した。

台所から、小気味よい油の音がする。育子さんはしばらく鍋の前を離れられないから今なら少し長い話もできる。

さて、状況をまとめると、ざっと次のようになる。


こぶし野の駅に近づいたあたりで、翔君は十一の神社を結ぶ道路に出た。ここをいつもと同じように曲がれば、未の門だ。するとまもなく、人通りの少ない道で、一人のお兄さんに会った。今まで会ったことはない人だった。目の周りにゴーグルの痕《あと》があって、タオルを首に巻いていたから、どこかで泳いできた帰りかなと思った。保育園で、そういうゴーグルをつけて水遊びをしている子がいるから知っているのだ。

「ぼうず、早く家に帰れよ」

そう言われたのも、こわい感じではなかった。

「うちの人にしかられたのか？　なんだ、消しゴムなんか持って」

お兄さんが優しそうだったので、翔君は聞いてみた。

「あのさ、クレヨンって、消しゴムで消える？」

「クレヨンか？　いやあ、無理じゃないかなあ」

翔君はがっかりした。するとお兄さんはしゃがんで、翔君の顔をのぞきこみ、こう言った。

「ぼうず、何をやらかしたんだ？」

お兄さんは本当に優しそうだった。だから翔君も、打ち明ける気になったのだ。

「未の門に落書きをしちゃったんだ。だから気になって……」

「落書き？　未の門にか？」

「うん」

すると、お兄さんはこう言った。

「未の門に落書きなんかないぞ。おれはよく知ってる。だから帰れ」

「そんなはずないよ、ぼく、本当に描いちゃったんだから」

お兄さんがいい加減なことを言って自分をごまかそうとしているのだと思った翔君は、そう言って抵抗した。すると、

「仕方ない奴だな」

お兄さんは翔君を肩車して、門まで連れて行ってくれた。知らない人だったけど、こわいとは

思わなかった。お兄さんのさらさらの髪の毛が、翔君のパパと同じ匂いをさせていたからかもしれない。

夕闇が漂う道をしばらく歩いたところで、翔君は下ろされた。目の前には神社の門がある。

「これが未の門だけど。ほら、ないだろう」

信じられないことに、本当に羽の絵は消えていた。翔君がどんなに顔を近づけてみても、指で門をこすってみても、本当に跡形《あとかた》もない。

驚く翔君に、お兄さんはこう説明したそうだ。

「ここは神様の門なんだから、落書きなんかしても神様が消しちゃうんだよ。それと、羽の絵を描いたんだろ？　だったらその羽は、きっと神様がどこかへ飛ばしちゃったのかもしれない」

それから翔君はお兄さんに連れられ、お宮にお参りさせられた。

「ほら、ちゃんと神様に謝《あやま》るんだ」

お兄さんはお賽銭を二人分入れて、一緒に頭を下げてくれた。

そして、また肩車して翔君を送って来てくれた。この家の近くまで来たら翔君を捜《さが》すおばあちゃんやおじいちゃんの声が聞こえてきたから、翔君はあわてて下ろしてもらい、声のするほうへ駆け出した。

「翔！　そこにいたのか！」

おじいちゃんとおばあちゃんは、それぞれ翔君が互いと一緒だと思っていたらしく、遠くまで一人で行っていたとは気づかれなかった。今来た道を振り返っても、もうお兄さんの姿はない。

どう説明したらいいかわからなくなった翔君は口ごもるばかりだったが、結局、家の近くで遊んでいたのだろうと思ったおじいちゃんとおばあちゃんに、勝手に外に出たことをしかられただけですんだ……。

翔君は安心して眠りについた。

でも、今朝起きたら、また心配になってきた。たしかに落書きはなくなったけど、あれで本当に神様は許してくれたんだろうか。お兄さんは神様に謝れって言ったけど、実は、何を言ったらいいのかわからなくて、ただ頭を下げてごまかしただけだったし……。

以上が、翔君の小さな冒険の顛末《てんまつ》だ。話し終わると、翔君はまだすっきりしない顔で咲を見上げてこう言葉を続けた。

「おばあちゃんたちにしかられなくてすんだけどさ。神様はぼくが描いたことを知ってるんでしょ？　罰が当たらないかな」

「大丈夫だよ」

とりあえず、咲はそう言った。今の話にはいろいろと考えさせられることはあるが、とにかく、翔君を安心させることが一番だ。まして、今日はおじいちゃんおばあちゃんの家にお泊まりの夜だ。不安に思わせることは避けたほうがいい。

「だって、落書きは本当になくなっていたんだから、それが神様に許してもらえたっていう証拠だよ、きっと」

「咲姉ちゃん、ママたちに言いつける？」

咲に打ち明けたことで肩の荷が下りた翔君は、今度は別のことが心配になってきたらしい。

「うーん、今日のところは二人だけの秘密にしておこう。ママたちに言わなきゃいけない時は、お姉ちゃんも一緒に謝ってあげるから」

ほっとしたのか、ようやく翔君は笑顔になった。夕食もいつもどおり食べられて、育子さんも安心させた。

そして、翔君が忠雄さんと仲良くお風呂に入ったのを見届けると、咲は自分の部屋へ戻り、荷造りしていたキャリーケースの中から、こぶし野の地図のコピーを引っ張り出して、しばらくあれこれと考えこんだ。


翌朝。五時過ぎに起き出した咲は、「散歩してきます」と茶の間にメモを残し、自転車を引っ張り出した。

めざすは、未の門。

咲の頭の中には、昨夜考えついたひとつの仮説がある。

今日の未明にまた雷雨があったのを、ぼんやり覚えている。自転車を走らせる道にはいくつも水たまりがある。

だが、今はすっかり晴れ上がり、空の青が美しい。

まだ、朝の六時前だ。あたりには人影もない。未の門に近づき、二つの門柱を、くまなく観察する。風雨にさらされ続け、木目がくっきりと浮き出している、古色のついた木の門だ。無数の傷や虫食いの痕はある。だが、たしかに、落書きのようなものは何もない。クレヨンの線一本さえ。

満足するまで未の門を調べた咲は、また自転車をこぎだした。種田家とは別の方向へ。


咲が種田家へ戻ってきた時は午前七時半を過ぎていて、育子さんが台所でてんてこまいしていた。パジャマ姿の翔君を、忠雄さんが着替えさせている。

「おはようございます。今朝はお手伝いしなくてすみません」

「いいえ、いいのよ。でも、どこへ行ってきたの？」

「早くに目が覚めたもので、自転車でちょっとその辺を一回りしてきました」

「そう。咲ちゃん、ご飯はもう少しあとでいいかしら？ 夜明け前に雷があったでしょ、あのせいで一度停電したらしいの。私、昨夜《ゆうべ》炊飯器《すいはんき》のタイマー予約をセットしておいたのに、朝起きたら炊《た》けてなくて……」

「わあ、大変。いいですよ、パンでも買ってきましょうか」

「それが、だめ。うちの人は、朝は白米じゃなきゃ食べた気がしないって言うから。それに翔君も、保育園にご飯のお弁当を持っていくしね……」

気ぜわしそうな育子さんを手伝い、咲もあれこれと働いた。

そしてようやく朝食がすむと二階へ上がり、矢上教授に事の顚末を報告するメールを送った。

翔君の話を簡潔に、しかし事実を漏れなく書き、最後にこうつけ加えた。


――今朝、私は、たしかに未の門には落書きの痕跡《こんせき》もないことを、自分の目で確認してきました。ついでに残りの十の門も回りましたが、どの門にも翔君の落書きはありません。ただ、修復中なのか、青いシートで養生《ようじょう》されている門が二つありましたが。

以上の事実から、私はある結論に到達しました。

教授なら、「未の門の落書きの謎」をどう解決なさいますか?

これと別メールで、私の推理をご報告します。ご検討ください。


そして送信後、ただちに次のメールを書き始める。


――私の推理は、以下のようなものです。

翔君は門に落書きをした。それは事実でしょう。ですが、あとから翔君が見ても私が見ても、その落書きは跡形もなくなっていた。

このことから導き出される事実はひとつだと思います。

翔君が落書きをしたのは、未の門ではなく、ほかの門だったんです。

その日、翔君のおばあさんの育子さんは、翔君とほかの園児を、二人一緒にお迎えに行った。だから、いつもの帰宅ルートとは別の道を帰ってきた。きっと、そのお友だちを保育園からまっすぐその子の家へ送っていったんだと思います。それを裏づける証拠もあります。私はその日、一人だけ夕食を遅くいただいたんですが、洗い籠にはいつものとおり、おじいちゃんおばあちゃんと翔君の分の食器しかありませんでした。つまりお友だちは種田家には寄っていないんです。誰かが家に来れば、必ず食事をごちそうするのがこの家の人たちですから（この情報はさっきの教授へのメールで触れ忘れました、すみません）。

とにかく、翔君は、自分が落書きしたのはいつものお帰りのルート上にある未の門だと思いこんだ。賢い子だけど、なにしろ五歳児ですから、神社の細かな違いや道順がいつもと違うことに気がつかなくても無理はありません。何より、こぶし野の十一の神社は、どれも非常に似通っているんです。子どもの目には、どれも同じに見えることでしょう。

ここまで推理できれば、あとのことも簡単に説明できます。

家に帰って来ても落ち着かなかった翔君は、もう一度一人で「現場」を確かめに行った。今度は、いつも通い慣れた道を通って、未の門に。だったら、そこに落書きが見つけられないのは当たり前です。

近くで出会った「お兄さん」が、ここまでの私の推理と同じことを考えたのかどうかはわかりません。実際には何も描かれていないのだから、心配ないと翔君を納得させようとしただけかもしれません。とにかく、五歳児が一人で暗くなり始めた時刻に歩いているのはよくないから、早く帰らせたかったんでしょう。

でも、翔君は簡単には納得しない。だから、神様が羽の絵を飛ばした、そういう話を作り上げた。

余談ですが、そのお兄さんが親切な人でよかったと思います。こぶし野は平和な町ですが、いつどこで何が起こるか、わかりませんから。

さて、それでは翔君が落書きをしたのは、どの門なのか。論理的な帰結はひとつです。

ブルーシートに養生されて見えなくなっていた、二つの門のどちらかしかありません。

こぶし野は平和な町と書きましたが、それでも建造物に落書きをするような奴はいるんでしょうね。ひょっとしたら、翔君の落書きが見つかり、いい機会だから、この際補修が必要な門を二つとも同時に修繕しよう。そう決まったのかもしれません。ちなみにその二つとは、辰の門と巳の門でした。駅から近いし、不心得者が出没しやすいエリアなのかもしれませんね。

以上が私の推理です。

教授、いかがでしょうか。

二通のメールを送信して、まもなくのことだった。

またもや、矢上教授から電話が来た。

――御牧は、いつまでそのこぶし野にいるつもりだ？

「そろそろ帰ろうと思っていたんですが、育子さんたちにそのことを話したら、お別れ会をしたいからもう一晩泊まっていけって。だから、明日まではとにかくこぶし野にいます」

教授の太い鼻息が聞こえた。それからこう質問された。

――それで、今日は何をしている？

「さあ。育子さんと一緒に、御馳走《ごちそう》作っています。ああ、そうそう、この家の娘さんが働いている和菓子屋さんへ買い物に行こうと思っていたんでした。『金毘羅堂』っていうんですよ、立派な名前でしょ。それで、今日限定の和菓子がすごくおいしいんですって。亥の子餅っていうんですけど。いけない、そろそろ行かないと。午前中には売り切れちゃうらしいです」

――そうか。その方面なら大丈夫と思うが、御牧、ほかの場所へは一人で行くな。

「え？　どうしてですか？」

――少々確認して、あとでまた連絡する。

そこで電話は切れてしまった。

第六話

亥《い》の子《こ》餅《もち》遁《とん》走《そう》曲《きょく》

甘く見ていた。

こぶし野で、咲は人だかりというものを、サイホウさんの祭りをのぞいては、見たことがなかったのだ。

しかし、今、金毘羅堂の前には、ずらりと人が並んでいた。咲があわてて数えてみたところ、店の外だけでざっと二十人。

横に長い構えの金毘羅堂の前には、軒先から道沿いに、いくつも木のベンチが並んでいて、約二十人の客はそこにおとなしくすわって待っている。

内心焦《あせ》りながらも、咲も行列の最後尾にすわる。さっき店内を窺ってみたところでは、それほど広くはなさそうだ。店の中にいる客は、多く見積もっても十人を超えないだろう。

とすると、三十人待ち。

買えるだろうか。

亥の子餅というのを、咲は今まで食べたことがない。だが、以前読んだ京都出身の作家のエッセイのおかげで、その名前は知っていた。

通常は、亥の月――旧暦十月――の亥の日に食べる、縁起物の菓子だ。

形はイノシシにちなむのか、おはぎに似ている。原料は糯米《もちごめ》と小豆《あずき》に砂糖と、和菓子の基本そのものだが、店によって糯米に餡《あん》をくるませたり、糯米そのものに干《ほ》し柿《がき》や小豆を混ぜたりと、いろいろ工夫《くふう》を凝《こ》らすそうだ。

こぶし野の金毘羅堂が作っている亥の子餅は、ほぼあんころ餅に近いものらしい。ほかに特徴的なこととしては、亥の月だけでなく、毎月第二月曜日に販売している。これを食べると健康でいられる、福を授《さず》かる、等々の由来がついて回るのは、こうした食習慣のお決まりごとだ。

昔気質《かたぎ》のこぶし野町民にはこの亥の子餅を食べ続けている人も多いのか、毎月安定した売り上げが見こめるらしい。由香里さんによると、製造個数はおよそ千二百個。人口二万人に満たないこぶし野の中では相当な割合だ。

「ここはそういう土地なのよ。昔ながらのお店がなくなるのは寂《さび》しいから守っていこうっていう意識が、町民に強いの。別にネットで全国に販売するとか観光客を呼びこんで大々的に売ろうとか、大掛かりなことを考えるんじゃなくて、住民の間だけで経済を回そうっていう感じ」

由香里さんは、そんなことも話してくれた。

「そして、金毘羅堂もそういうお店のひとつなの。いい機会だから、ぜひ食べてみて。むずかしいことはさておいて、本当においしいのよ」

開店は九時半。その前から並ぶファンも多い。だが亥の子餅消費者の性質上、売り上げ個数の見こみは立てやすいので、店側にもありがたい収入源だという。一定数が必ず買っていく菓子なのだ。店舗と同じ敷地内にある製造場で作られ、一定数できあがるたびに、店舗に運ばれる。午前中にはほぼ売り切れ状態。

「だから、あまり日が高くならないうちに買いに来てね」

そう言われた咲は、朝のうちに出かけるつもりだった。ところが、予定が狂った。

今朝の停電のせいで育子さんが昨夜のうちに仕掛けておいた炊飯器のタイマーがリセットされ、予約炊飯が作動しなかったために、結果、朝から御飯派の忠雄さん好みの朝食が遅れ、翔君を「お預かり」していることでもあり……とばたばたしている育子さんを手伝っていたからだ。おまけに、矢上教授にメールしていたせいもある。

それでも、月に一度の名物を逃すのは惜《お》しい。咲が亥の神社のすぐ近くにある金毘羅堂に到着したのは、十時四十五分。

そして今、黒光りした木造平屋の金毘羅堂の前の木製ベンチ最後尾にすわっているというわけだ。

「あの、売り切れちゃわないでしょうか」

咲はすぐ右――つまり咲の一人前の順番だ――にすわっている、人の好《よ》さそうな麦わら帽子のおばさんに聞いてみた。すると、こんな答えが返って来た。

「まだ大丈夫。そろそろ十一時になるけど、まだ最後の亥の子餅が運びこまれていないからね。熱心なお客さんたちは朝一番に並ぶから、買いに来る人だってそろそろ少なくなるしね」

それならひと安心。

そしておばさんの言葉どおり、十一時近くなって咲の前にいる客も多少捌《さば》けた頃、店の裏手から、白衣《はくい》姿に白い帽子、マスクと手袋で完全防備した人影が現われた。体の前には、銀色に光るケースを三つ積みあげて両手でかかえている。

「来た、来た。あれが工場から運ばれる、今日最後の亥の子餅よ」

おばさんがささやく。

その店員は、店舗の横手にあるドアの前に立つと、器用に肩でドアスイッチを押した。内開きのドアが開かれ、中へ入っていく。店舗は客の並んでいる正面側が店幅いっぱいにガラスの引き戸になっているので、店内に入った姿も、すぐに引き戸越しに見えた。ショーケースの後ろにケースが置かれる。たぶん、アルミ製だろう。今運ばれてきた三つには、ひとつずつ、平たい蓋《ふた》が載せられている。

作業台には同じようなケースがほかにもいくつか積まれていて、そちらの一番上のケースにだけは蓋がなく、つやつやした、文字どおり小豆色の餅がぎっしりと並べられているのが見えた。

一方、咲は店員さんの動作で気づいていた。全身ほぼ白装束《しろしようぞく》で顔もよくわからないが、今最後の亥の子餅を運んできたのは、由香里さんだ。同じような服装でも、歩き方やお客さんに話しかけるしぐさ、そんなものでやっぱりわかる。

今日最後の搬入が終わった由香里さんは、そのまま、接客に入っている。店内には同じような姿の店員が、あと二人。一人は向かって左端にあるレジの専任で、もう一人はショーケースの右側に陣取り、忙しそうに客の注文をさばいている。

——いいなあ、中は涼しそうで。

店舗はかなり狭い。そこにいる客は七人で、引き戸は全部閉められている。買い終わった客が立て続けに二人、一番左の引き戸を開けて出ていくと、右から二番目の引き戸を「中田《なかだ》」とネームプレートをつけた、まだ若い男性店員が開けて、声をかけた。

「大変お待たせいたしました、先頭から五名様、お入りください」

その声に従って、引き戸に一番近いベンチにすわっていたうちの四人が立ち上がる。ベンチは五人がけだ。客にとってもわかりやすくていい。

「あの、お客様もどうぞ」

そのベンチにすわったままのあと一人にも中田君が声をかけたが、その客は首を振って動こうとはしなかった。

「いや、おれはまだいい。そっちの人、お先に入ってくれ」

なんだか頑固《がんこ》そうな、年配の親父《おやじ》さんだ。

声をかけられた二つ目のベンチの右端の客は、一瞬戸惑《とまど》ったようだが、言われたとおりに店内に入る。頑固親父はひとつ目のベンチの右端に動き、残りの四つの席にも客が移動する。中田君は店内に戻って引き戸をきっちりと閉めた。残りの客も、次々に席を移動する。

なるほど、店内の冷房を効《き》かせるために、お客は入れ替え制にして、常時戸は閉めておくのか。

咲も前のおばさんについておとなしく進みながら、そう考える。店外のベンチに、咲の前の客は、あと六人。

日が照りつけてきた。今日も暑い。時刻は午前十一時を回っている。

退屈しのぎに、咲は暗算してみる。

ざっと見たところ、あのトレイ一枚に五十か六十、亥の子餅が並んでいた。少なくともそのトレイ三枚分は、まだ手つかずで残っていることになる。単純計算で百五十から百八十個だ。しかも店内には、ほかにも同じようなトレイに亥の子餅が残っていた。今の時点で咲より前に買う客を、店内店外あわせて最大十五人と見こんでも、一人十個以上買う客は、そう多くはないだろう。

つまり、今店内に二百個以上の亥の子餅があるなら、咲のところまでちゃんと残っている計算になる。大丈夫だ、ありつける。良心的な金毘羅堂なら、売り切れそうになったらアナウンスもあるだろうし。

また客が一人出てきた。現在、店内にいるのは六人。さあ、あと一人出てくれば、ついにそこまで……。

さらに一人出てくる。よしよし。

そこで中田君が次のコールをかけた。

「お待たせいたしました、先頭の五名様、お入りください」

すると、さっきの親父が声をかけた。

「兄ちゃんは、もう終わったんだな？」

そして、中田君の返事も待たずに、今度は中へ入っていった。

さあ、もうすぐ咲の番がくる。

暇なせいで、出てくるお客さんや店内の様子に、つい目が行ってしまう。だが、もうすぐだ。咲は今、麦わら帽子のおばさんに次いで、引き戸に一番近いベンチの二番目に移動しているのだから。

太陽が高度を増し、日射しはますます強くなる。また一人お客が出るのと同時に中田君も出て来て、列の後ろに走っていった。目で追うと、最後尾の客に何か書いた紙を渡している。いつのまにか、咲の後ろにも十数名がすわっていた。

咲が首をかしげたのに気づいたのか、おばさんが説明してくれた。

「お店の中の亥の子餅の数と外のお客さんの数で見当をつけてね、適当な時を見計らって、『本日の亥の子餅の販売はここで終了いたします』っていう紙を、最後尾の人に持っていってもらうの。そうすれば、そのあと来た人も、無駄に並んだりしなくてすむでしょ。もっときっちりやるお店だと、ひとりひとり個数を聞いてあと何人に売れますって見極《みきわ》めるらしいけど、ここは売り子さんも少ないからね。大丈夫、たぶんここにいる全員には足りると思うわ」

「今並んでいる人たちが見こみより少なくしか買わないで、結果、亥の子餅が余っちゃったらどうするんですか？」

「今並んでいる人全部に売って余ったら、残りは一度しまって、午後一時になったらショーケースに並べて、あとは普通に販売するの。それで売り切れたら、本当におしまい。そっちを狙《ねら》う人もいるけどね、月によって午後まで残る個数はまちまちだから、結構な賭けになるわね」

なるほど、午前中に少々在庫が残るかもしれないが、この方式なら細かい計算もいらず、そして朝から列に並んでいる客だけには買えることが保証されるわけだ。

咲は安心して、またとりとめもないことを考え始める。

さっきの電話。金毘羅堂よりほかの場所には一人で行くなとか、矢上教授は言っていた。あの指示はいったいどういう意味だったのだろう？　あのあとは着信もない。

また一人、客が出てきた。さあ、もうすぐだ。

するとそこで、右の引き戸が開けられた。

「お待たせいたしました、次の五名様、お入りください」

咲は勇んで店内に入る。忙しそうな由香里さんと目が合い、互いににっこりしてうなずく。

引き戸と平行に店の幅いっぱいに据《す》えられているショーケースには、右三分の一が日持ちのしそうな箱入りの和菓子、中央が色とりどりの上生菓子、そして左三分の一に、「本日亥の子餅の日」と札が貼りつけられていた。ただし、亥の子餅はそのショーケースに入れられることなく、後ろの作業台のトレイから直接紙箱に詰められて、お客に渡されていく。

ほとんどの客は、亥の子餅しか買っていないようだ。

すると、さっきの頑固親父風の客が、腕組みをして左の隅に突っ立っているのが見えた。ショーケースの向こう側では、中田君がせっせと亥の子餅を箱に詰めている。ほかには、一番左でレジ打ちを担当している女性従業員一人、そして二人の間で亥の子餅の注文をさばいている由香里さんという布陣だ。

由香里さんは、客の求めに応じて作業台に載ったトレイから亥の子餅を取り出して紙箱に収め、包装紙をくるりと巻いてレジ台の女性に手渡していく。空になったトレイは作業台の一番奥に積み上げられる。咲は作業台手前のトレイの数を数えた。蓋が載っているトレイ、つまり亥の子餅が入っているトレイがあと三つ積まれている。そのほかに、蓋が開いて亥の子餅が半分ほど並んでいるのが見えるトレイがひとつ。

よし、大丈夫だ、買える。

「お待たせいたしました」

焦った様子の中田君が、ショーケースの上から四つの紙袋を差し出すと、頑固親父が手を伸ばして受け取った。

——うわあ、あの人、どれだけたくさん買ったんだろう。

中田君が引き戸を開けてやるのに彼は鷹揚《おうよう》にうなずき、こう尋《たず》ねた。

「兄ちゃんは、ないんだな?」

「はい」

「ありがとうよ」

頑固親父は両手に計四つの紙袋を下げて、のっしのっしと出ていった。ありがとうございました、と口々に従業員三名が声をかける中、電子音が鳴り響いた。由香里さんが手袋を外して作業台奥の壁にかかっていた電話を取る。その間にも、亥の子餅はどんどん売れていく。

電話を終えた由香里さんは、トレイをまたひとつ、空になったトレイの上に積み上げた。それから隅に重ねられていた使用済みのトレイの蓋もその上に置き、そのあとで気が変わったのか、また蓋だけを別の場所に置きなおした。続いて、縦に積まれていた蓋つきのトレイ三つを、作業台にひとつずつ並べ始める。さっき自分で運んできた最後の亥の子餅だ。もう一度、残りを確認しているのだろうか。

さて、いよいよ咲の番が回ってくる。

種田家で食べるのだから、三つあればいい。今日は翔君のお迎えもないはずだし。

咲が中田君に注文しようとした時だ。由香里さんが中田君のうしろからあわてた様子でささやき、その様子に気づいたレジ係さん——名札は三枝《さえぐさ》——も二人に近寄った。三人はあちこちのトレイの蓋を次々に開けながら、しきりにささやきあっている。

ショーケースのこちら側の客たちがなんとなく不審がりはじめる中、中田君は焦ったように横のドアを開けて外に出ていった。

「申し訳ありません、少々お待ちください」

三枝さんがそう言って頭を下げる。戻って来た中田君がまた何か言い、そのあと由香里さんが意を決したような顔で答えると、彼を伴《ともな》ってショーケースの横をすり抜け、こちら側へ出て来た。

中田君が、入り口の引き戸を開け放す。

何か、困ったことでも起きたのだろうか。

すると、由香里さんが、その引き戸の近くに進んで、厳しい表情のまま、店内の客、そして店の外に並んですわっている客も見回してから、口を開いた。

「大変申し訳ありませんが、金毘羅堂からのお願いがございます。亥の子餅の販売につきまして、お一人様あたりの個数の制限をさせていただけないでしょうか」

客たちの中から、えっという声が上がる。麦わら帽子のおばさんが、不審そうな声を出した。

「どうしちゃったの？　そんなに数が足りないの？」

「だって、まだ結構あるじゃない？」

「ちゃんといつもみたいに人数制限もしたっていうのに……」

そんな客たちの声に、由香里さんはまた頭を下げる。

「本当に申し訳ありません、実は亥の子餅がトレイ一枚分、なくなってしまったのです」

「なくなった?」

「盗まれたのか?」

そんな声が次々と上がるのに、由香里さんはあわてたように首を振った。

「いいえ、失礼いたしました、なくなったのではなく、数え間違えてしまったんです。あと二トレイ分以上、つまり合計百二十個以上の在庫があると思っていたのですが……。今確認しましたところ、そのうちのひとつのトレイについては販売途中で蓋をされて、そのあと手つかずのトレイと混ざってしまったようでして……」

由香里さんが合図すると、一人だけショーケースの向こうに残っていた三枝さんが、作業台に並べられていた三つの蓋つきトレイのうち、一番左のトレイをお客に見えるように斜《なな》めに持ち上げてみせた。三分の一ほど入っている。たった今まで、そのトレイから亥の子餅が売られていたのだ。同じように傾けた真ん中のトレイにはぎっしりと、つまり六十個。そして一番右のトレイには、たった二つの亥の子餅が、ちょこんと隅に残っているだけだった。

客の中から、ため息のような声が漏れる。

由香里さんはもう一度頭を下げた。

「こちらの手違いでして、本当に申し訳ありません。気づいていたら、もっと早くにお客様にお声をかけていたのですが……。ただいま店内にいらっしゃるお客様が七人。お店の外に並んでいる方が二十二人だそうです。亥の子餅はあと八十五個ございます」

「一人三個にもならないのか？　いやあ、それじゃちょっと足りないなあ」

そんな声が聞こえる。続いてもっと不機嫌な声。

「おい、待てよ。さっきそこの姉さんがトレイ三つ運んできただろう？　そうして、その台に重ねておいたよな？　どうしてそれが、売りかけのトレイと入れ替わるんだよ？　ふつう、ありえないだろう？」

「誰か、わざと売りかけのと手つかずのを入れ替えたんじゃないか？　それで手つかずのを猫ばばした……」

「おい、それじゃ店が妙なことをたくらんだことになるじゃないか」

「いいえ、そんなわけでは……」

由香里さんがあわてて打ち消すが、なんだか、不穏な空気になって来た。だがその時、麦わら帽子さんがこう発言した。

「ばかばかしい。そんなことして、お店の人に何の得になるっていうのよ？　商売ものなんだから、あるだけ売りたいに決まってるじゃない？」

「いや、じゃあ、客がこっそりそっち側に入りこんで、丸々トレイ一枚分、盗んでいったとか……」

麦わら帽子さんは、また鼻であしらう。

「ばかも休み休み言いなさいよ、このお店の中に入るにはね、客側の引き戸から入るか、その横っちょのドアから直接売り手さん側に入るしかないのよ？　私、ずっとその横のドアも目に入っていたわよ。でも、そこにいるお姉さんが最後のトレイ三枚分の亥の子餅を持って入ったあと、ついさっきそっちの男の子が出ていくまで、そのドア、誰も出入りしなかったわよ。ついでにお兄さんは、行きも帰りも、完全に手ぶらだったわ」

その言葉に、咲もうなずく。たしかに、中田君に案内されたとおりに客は動いていたし、それ以外の出入りについても麦わら帽子さんの言うとおりだ。

麦わら帽子さんは、なおも言う。

「そうして店内は、ショーケースで区切られてるけど、必ず何人かはお客がいるでしょ。ショーケースの向こうに入っていって、亥の子餅のトレイを持ってまたこっちへ戻って来た客なんて、誰か見ました？　私は全然気がつきませんでしたよ」

麦わら帽子さんに整然とやりこめられ、みんなが納得した顔になった。

「なあ、金毘羅堂さんよ、店の売り手側のほうには、横のドア以外の出入り口はないんだよな？」

中田君が何度もうなずいた。

「はい。この店に出入りするには、横の、内開きのドアと、この正面の引き戸以外にありません」

「誰も怪しい奴はいないのに、いつのまにか亥の子餅は消えちゃったって言うのか……」

「やれやれ、とんだミステリーだな」

「そんなのは、どうでもいいのよ」

麦わら帽子さんがいらだつ。

「いくらごちゃごちゃ言い合ってたって、亥の子餅の数が増えるわけじゃないんだから」

「それにしても変だろうが」

別の声がする。

「そこのドアからショーケースのそっち側に行った客は、いない。ショーケースの横をすり抜けて、引き戸側からそっちへ行った奴もいない」

「じゃあ何かよ、いつのまにか売りかけのトレイと手つかずのトレイが入れ替わってたってのかよ？　不注意な店だなあ」

由香里さんはずっと唇をかんでいる。三枝さんは、今にも泣きだしそうだ。

「あの、今から追加で製造はできないんですか……？」

見かねて咲が声をかけても、由香里さんは悔しそうに首を振るだけだ。

「無理なんです。糯米も餡もきっちり計量して今朝製造していて、それを全部使い切っていますから」

その時だ。列の後ろのほうから、咲の耳慣れた声が聞こえてきた。

「ちょっと通してくださらんか」

咲は一瞬、耳を疑った。まさか。だがその声は、どんどん近づいてくる。

「すまん、前に行かせていただきたい。何、割りこんで抜け駆けするつもりはない。少々店側と相談したいだけだ。その上で、皆さんに提案したいことがある」

まだ信じられない。だが、声の主は引き戸の前、由香里さんの隣まで進んだところでぴたりと止まり、客のほうを振り向いた。

咲は目を丸くする。

「矢上教授」

涼しげなブルーの夏スーツ姿に、威風堂々《いふうどうどう》とした白髪。いつもどおりの姿の矢上教授がそこにいた。

「教授、どうしてここに?」

思わず咲が問いかけるのには、手を振ってあしらう。

「その説明は後だ。とりあえず、ええと、店員さん、この場の説明をわしがしてみてもいいかな? 何、店が困るようなことは言わない」

由香里さんはあっけにとられたような顔のまま、うなずいた。それを確認すると、矢上教授は客をぐるりと見回して、また声を張り上げた。

「さよう、われらが楽しみにしていた亥の子餅が、一部、消えてなくなったらしい。しかし、ないものは仕方がない。残り八十五個を分け合うしかない」

「八十五個じゃ足りねえぞ！」

不満そうな声が上がる。

矢上教授はそれを制するように手を動かし、そして言葉を続けた。

「いかがだろう、みなさん、わしがこの紛失事件に合理的な説明をしてみる。それに納得できた方は三個までの購入ということで、承知してもらえんだろうか。ちなみにわしは一個でよい。実は、糖分制限をやかましく言われている身でな。だが、うまいものの誘惑には勝てない」

ちょっと空気がほぐれた。

そして、客を見渡して異論はないと見極めたのだろう。

矢上教授は、説明を始めた。


「私の耳にまず引っかかったのは、先ほど帰られたお客さんが言っていた『兄ちゃんは、ないんだな』という言葉だ。他愛《たあい》もないことかもしれん。だが、人間に対して使うなら『ない』ではなく『いない』と言うべきだ。ささいなことだが、この言葉を発していたのが昔気質の、言葉遣いにもこだわりがありそうな年配の男性だったところが気になった。そしてその彼は、かなり大量に亥の子餅を購入して帰っていった。あの包みからするに、二十個程度はあっただろう。彼を見送ったあと、列に並ぶ暇を持て余しながら、わしはつらつらと彼の言葉を思い返していた。そして、思い出した。商売人の隠語で、製造の古いものを『兄』、新しいものを『弟』と呼ぶことがあるのを」

客の誰かが、へえ、と声を上げる。

金毘羅堂の従業員三人が、目を丸くする。

「彼は、そうした通ぶった『業界用語』を使いたがりそうな人物に見えた。となると、彼の言葉の意味はこうだ。『作りたての亥の子餅がほしい。作ってから時間が経った亥の子餅——兄ちゃん——は自分に渡された中には、ないんだな?』」

咲は思い出した。あの頑固親父が、一度は買える順番になりながら、後ろの人に譲り、自分は後に回ったことを。あれも、あえて作りたての、新しい搬入分を手に入れるためだったのか。

「亥の子餅を、今日は何回に分けて運んできたのかな」

尋《たず》ねられた由香里さんが答えた。

「開店時にはトレイ五枚分、三百個が搬入されていました。そのあとは、できたものから順次、五回追加搬入しました。追加搬入は一回につき、トレイ三枚分です」

うなずいて、矢上教授は続けた。

「もちろん、作って二、三時間経ったところで、味は保証付きだろう。いくらなんでもそうすぐに味が落ちるわけはない。だが彼のうるささに、従業員のほうは、今どきの言い方をすればビビったのではないか。……ところで、彼はいくつ買い求めたのです？」

「二十個です」

「それだけの数であれば、彼のために箱詰めを始めたところで五回目搬入分が終わり、途中から六回目搬入分に変わるタイミングだったのではないか？」

中田君が目を丸くした。代わって由香里さんが答えた。

「そのとおりです。あのお客様の前の方にお売りした段階で、五回目搬入分が二個残っていました」

それが、たった二個だけトレイに残っていた亥の子餅か。

「つまり彼は、そのままの流れでいったら、五回目と六回目、両方の亥の子餅を買うことになる。もしもその両者の味の違いに彼が気づいたとしたら……」

あのうるささでは、古いものを買わされたから味が落ちていた、そのくらい文句をつけに来るかもしれない。焦った様子で彼のための箱詰めをしていた中田君は、そう考えたのか。

頭の中で亥の子餅の入ったトレイをあちこち動かしているうちに、咲は混乱してわからなくなってきた。きっとお店の人たちも混乱してしまった結果の数え間違いなのだ。

また由香里さんが口を開いた。

「ああ、そうだ……。あの、今のご説明を聞いて、思い出しました。みんな、私のせいでした」

中田君や三枝さんが見守る中、由香里さんはゆっくり言葉を続けた。矢上教授は由香里さんをじっと見ている。

「そう、私がおじけづいたせいだったんですね……。私が、あのお客様の分には六回目搬入のものを新たに箱詰めし、五回目搬入の、二個だけ残っていたトレイを作業台の奥に戻してしまったんですね。そうして何かのはずみにそれに蓋をしてしまったせいで、手つかずのトレイと混同してしまったんです。あとでそのミスに気づいた時は、もう数もわからなくて……」

「なんだ、じゃあ結局、亥の子餅はどこにも消えてなかったわけか」

客の誰かが言い、由香里さんは、また頭を下げた。

「不注意でした。本当に申し訳ございません」

なんとなく気づまりになった沈黙を破ったのは、あの麦わら帽子さんだった。

「なんだかねえ、最近はうるさい客が増えたからねえ。モンスターっていうの？」

「そんな、一時間やそこらできあがりの時間が違ってたって、わかりゃしないよ、なあ？」

「でもああいう奴は、味が落ちるものと決めつけて食べると、本当に味が落ちたと思いこむものなんだよ」

「結局、盗まれたのでも消えたのでもなかったわけか。おれが、その五回目の奴を買ってやりゃあよかったな。おれの舌は、そこまでデリケートじゃないからな」

由香里さんがあわてて割って入った。

「あの、どんな方でも、金毘羅堂にとってはありがたいお客様です。そして今日の不手際《ふてぎわ》は、すべて私の責任です」

「まあ、いいよいいよ、そこのお方の言うとおりだ。ないものは仕方がないや」

「今回の亥の子餅は三つでいいよ」

ようやく、空気が和《なご》やかになった。咲はほっとする。

「ところで、その曰くつきの五回目搬入の亥の子餅を、わしがいただこうかな。せっかくだからこの場でいただいてもよろしいか」

矢上教授がそう言って財布を出した。三枝さんが急いで懐紙に亥の子餅を一個載せてさしだす。

矢上教授はそれを大きな手に載せて、悠々《ゆうゆう》と歩き出し、さっきまでお客が並んでいたベンチの端にすわった。咲はあわてて由香里さんに耳打ちし、自分の取り分の三個の亥の子餅を確保してもらってから、その後を追う。

「……うまい」

咲が行った時には、教授はもうご満悦《まんえつ》で亥の子餅を平らげた後だった。

「矢上教授、いったい、どうしてこの場所がわかったんです？　金毘羅堂は、今どき珍しく、ネットにも出ていないお店なのに」

「咲が言ったではないか。湧水を利用している和菓子屋。そして金毘羅といえば、一説には亥の方角の守り神だ。亥の神社の近くにある和菓子屋と言ったら、タクシーの運転手がすぐにわかったぞ。だからこうしてやって来られたというわけだ」

「ああ、そうですね。私の聞き方がいけませんでした。こう聞くべきでした。どうしてここまでいらっしゃったんです？」

「なに、まさかとは思ったが、若干《じやっかん》、御牧のことが心配だったからな。最初は電話で説明しようかとも思ったが、まだ不明なことも多いし、好奇心も湧いてきた。ついでに亥の子餅も食べたくなった」

「亥の子餅のことはもういいです。私の何が心配だったんです？」

「戦国時代の伝承を掘り起こすだけなら危険はないだろうが、現代の殺人事件となると、わけがちがうではないか」

「現代の？　だって私は、そっちのことはノータッチですよ？」

だがそこで矢上教授は手を挙げて咲を制した。

「その話は、今でなくてもいいだろう。その前に、お話があるようだ」

「お話？」

咲が振り向くと、湯飲みを二つ載せたお盆をささげた由香里さんが、そこに立っていた。

咲が、矢上教授と由香里さんを互いに紹介した後。

金毘羅堂を代表するかのように、由香里さんは矢上教授に深々と頭を下げた。

「本当にありがとうございました。おかげさまで、お客様に何とか納得していただけました」

由香里さんは、困ったようなあいまいな微笑を浮かべてそう言う。

「お客に対しては、あの説明でよかろう。誰も不快にしない、誰も傷つけない。まあ、あの大量購入した気難しい客だけは、少々気の毒な言われ方だったが……」

「でも、あの方に対して最終搬入分の亥の子餅をお売りしようとして、結果、五回搬入分を二個残したのは事実ですから」

そして由香里さんはもう一度頭を下げる。

「でもすみません、実際起きたことは、それだけではないのです」

「それだけではない？」

咲は聞き返した。矢上教授は腕を組んで言う。

「まあ、わかるような気もするが。実際は、今日に限って菓子そのものに何かの手違いが起こった、そうだったのではないかな？」

由香里さんは、はっとしたように矢上教授をながめる。そしてうなずいた。

「はい。そうなのです。でも、矢上教授のおかげで、店の失態を明るみに出さずにすみました」

「明るみ？……って、亥の子餅の製造時間に何種類かあるけど、古いものと新しいものだと実際に味に違いが出るってことですか？」

「ううん、そうじゃないの」

由香里さんは首を振ってみせてから、一人だけ不得要領《ふとくようりょう》な顔の咲に向かって説明を始めた。

「亥の子餅の製造時間は、ほぼ二十分刻《きざ》みになっている。そして私が最後に搬入したのは午前十一時に完成した分。そこまでは間違ってない。そのくらいの時間差では、味に差も出ない。……あの、矢上教授は、どこでおわかりになったんですか？」

「あなたが、どこかからかかってきた電話に出た後、トレイの蓋を次々に開けて見ていた。それが気になりました」

矢上教授の言葉に、由香里さんは小さく笑った。

「そうだったんですか。私、亥の子餅が足りない理由をなんとかもっともらしくひねり出さなければいけないと、それしか考えられなくて。それで、お客様に、とっさになくなったと言ってしまったら、盗まれたのか？　という反応になってしまったでしょう。本当にあわててしまいました」

それから由香里さんは二人を促《うなが》すと、店舗とは独立した建物のほうへ案内した。

「製造場には入っていただけませんが、こちらは廃棄エリアなので大丈夫です。ここにあるのは、午前中に売った亥の子餅のトレイです」

さっきまで店内の作業台にあった、いくつもの空になったトレイが重ねられている。

由香里さんはそのうちの、一番下のトレイを二人に差し出した。

「見てください」

咲は目を丸くした。

そのトレイには、半つぶしの糯米がところどころはみ出して見える、真っ平らなあんこが一面に詰まっていた。

「これ、ぺしゃんこになってるけど、亥の子餅……、ですか？」

「そう。その、なれの果て。私が、トレイにぎっしり並んだ亥の子餅の上に、空になったトレイを全部載せて、上から押さえつけた。だから、こうなったの」

「はあ、なるほど、たしかにそうすればこの状態になるでしょうが……。でも、なぜです？　せっかくの売り物を」

「これは売り物にならないの。こんな風にしてしまうのは、本当に本当に、やるせないけど」

由香里さんはぽつりと言った。

「さっき私が受けた電話は、製造場の主任からのものでした。あわてた声で、『亥の子餅の餡玉がトレイ一枚、六十個、ここに残っているんだ！』と」

「餡玉だけ？　お餅はどうしたんです？」

由香里さんはトレイのところどころに見える、餡をまぶされた糯米を指さした。

「ここにあるわ」

「と、いうことは……？」

矢上教授が口を挟んだ。

「こちらの餡は、使ってはいけないものだったということかな?」

由香里さんが悲しそうにうなずいた。

「そうなんです。そもそもの原因は、今日の明け方に落雷があったことでした」

咲は思い出した。

「停電したんですよね……。種田家でも、炊飯タイマーがおかげでリセットされちゃって、育子さんが大あわてでした」

「そうだったの。製造場では、早出の人がもう作業にとりかかっていた。私はまだ出勤していなかったから知らなかったけど。とにかく、いつ電気が復旧するかわからない。それで、冷蔵庫の中の食材を、少しでも温度が低い冷凍庫に移したんですって。密閉しておけば、庫内の温度はそうすぐに上がらないから。でもそのためには、冷凍庫内の、捨ててもいいものを外に出さなければいけない。それでその時、冷凍庫内には、検食用に保管していた、一カ月前の、トレイ一枚分の餡玉があったの」

「つまり、その冷凍されていた餡玉が、今日の作りたての餡玉と混ざってしまった……?」

「そう。その時すぐに捨ててしまえばよかったのよ。冷凍していたのは、万一食中毒その他の事故が起きた時のために保管しておいたもので、日数的には、もう捨ててよかったんだから。だけど、誰かが朝、製造場の隅にでも置いてしまったらしいのね。亥の子餅は、糯玉と餡玉をそれぞれ六十個ずつ丸めてトレイに載せて、最後の工程で糯玉を伸ばした餡でくるんで完成させるの。個数管理のために、トレイに載せる個数はどの工程でも統一して六十個。戦場みたいに忙しい中で、次々に亥の子餅を作っていくうちに、餡玉と糯玉のトレイはどんどん少なくなっていく。電話を受けてから思い出したんだけど、最後の三枚分を作る時、たしかに餡玉がない！　っていう騒ぎになったの。ああ、ここにあった、誰かがそう言って、ちょっとはじによけてあった餡玉のトレイを引き寄せて、とにかく急がないと、そう思いながら作り終えて私が運んで……」

「それが、使ってはいけないほうの餡玉だった。一息ついて気がついたら、残っているはずのない餡玉のトレイが、一枚残っていたというわけですな」

「そのとおりです。製造場の主任から電話を受けて、六回目搬入分の三枚のトレイの蓋を開けた時、はっきりわかりました。一枚分、明らかに色が違っていた。今朝作った餡ではない証拠です。あってはならないミスでした」

「そんなに違うものなんですか？」

「見比べてみればね。やっぱり冷凍して解凍したものは、何と言うか、色も艶《つや》も違うの。私たちにはわかる」

それから、由香里さんはあわててつけ加えた。

「もちろん、解凍した餡玉だって問題なく食べられるものです。でも作りたての餡とは比べ物にならない。どうしたって味は落ちる。こんなものをお売りするなんて、とんでもないわ。絶対にこれを売るわけにはいかない。それでとっさに、売り終わった後の空のトレイを上に載せて、二枚を一緒に使用済みのトレイとして積み上げて、六十個、宙に消えたことにしたの」

由香里さんは矢上教授を見た。

「どうしておわかりになったんです?」

教授は頭を掻いた。

「私は意地汚いものでしてな。暇つぶしに、ずっと販売員の三人を観察していた。三人とも無駄のない、慣れた動きだった。うっかりして、売りかけのトレイとまだ販売前のトレイとを間違えるとは思えない。だいたいその二つは、明らかに重さが違うでしょう。手慣れた方なら、蓋がしてあったところで、両者の違いには気づくはず。その時、由香里さん、あなたが、最後の六回目搬入分の三枚のトレイの蓋を次々に開けてから、お客に向けて一枚少なくなったと発表するまでに、空のトレイを何回か動かしていたことに思い当たったのです。私には、動かす理由が思い当たらんような、意味のない動きに見えた。あの三枚のトレイの蓋を開けていた時、個数とは別の何かを確認していたのではないか。その結果、売るわけにはいかないと気づいたものを、ごまかそうとしたのではないか。そう思いました」

由香里さんはうつむいた。

「そのとおりです。ともあれ、本当にありがとうございました。私たちでは、六十個消えたもっともらしい理由を絶対に思いつけませんでした。おかげさまで、金毘羅堂の評判を守ることができました」

咲にもようやく、すべてが飲みこめた。誇《ほこ》りを持った菓子職人にとっては、品質の落ちたものは売るわけにはいかない。それもよくわかった。

「ところで、ここに廃棄されているのは解凍後の餡と今日作りたての糯米なんですよね。それで、作業場には今朝煮上げたばかりの餡玉が残っていると。その六十個の餡玉はどうするんですか？　糯米はもうないんですよね」

咲が尋ねると、由香里さんはやっと笑った。

「そうねえ。葛桜《くずざくら》でも作ろうかしら」


由香里さんがお茶のお代わりをお持ちしますと言って席を立つと、咲は、質問を再開した。

「さっき聞きかけていましたが、教授はどうしてここに来たんです？　どうして、わざわざ、こぶし野まで？　そうそう、金毘羅堂以外の場所へは一人で行くなって、あれはどういう意味です？」

「最後の質問から答えようか。御牧が門の落書きを調べるためにうろうろして、この町の南方に行ってしまっては、ある人間に要注意人物として目をつけられる恐れがあると考えていたのだ。一方、金毘羅堂はこぶし野の北北西。ほぼ正反対の方角だ。それに名物の和菓子を買うために客が殺到するという。そういう人の多い場所なら、まず大丈夫と考えた」

「私に危険が?」

「もっとも、その心配は、ここへ来る前にほとんどなくなったがな。ある人物に質問したかったのだが、そのための連絡がついたのが今朝の九時過ぎ。問題の人物は、朝に弱くてなかなか電話に出てくれなかったのだ」

「いったい、誰です?」

「ところで、昨今のネットの情報はすごいな。例の目黒で殺された御仁《ごじん》だが、住所が完全に特定されていた」

「教授、話が飛んでいませんか?」

「まあ、聞け。そして、テレビで、近隣の住民が、殺された御仁はマンション一階にある店の常連だったと言っていたのだ。どのような店か興味が湧いたので、マンション名から調べてみた」

「そうですか、私はその情報は聞きもらしました。それで、何のお店だったんですか?」

「リカーショップ。つまり酒屋だ」

「はあ。お酒好きの人にはありがたいロケーションですね。住んでいるところから下に降りるだけで、お酒が手に入る」

「さらに、私の知人があの近隣に住んでいて、電話でたたき起こして聞いてみた結果、そのリカーショップの上得意の知り合いを知っているとわかった。寝起きの悪い男で、少々なだめすかす必要があったがな。そしていろいろたどった結果、被害者についてリカーショップの店員に聞きこみをしてくれる人間に行き当たったのだよ。殺された御仁は、事件当夜、夜になってビーフィーターを二本買っていったと。厳密に言えば、これも顧客情報の漏洩《ろうえい》に当たるのだろうが、まあ、お得意さんとの他愛もない話として聞き流してよい範疇《はんちゅう》と判断した」

「あの、教授、ビーフィーターって何ですか?」

「イギリス産のジンだ。アルコール度数四十度。酒の名前は、ロンドン塔に勤務する近衛兵《このえへい》が、国王主催の宴会の際、お下げ渡しの牛肉を食べることを許されたことに由来する」

「はあ。それで、何がわかるんです?」

「あとは、由香里さんに二点ほど聞いてみたい。……ああ、ありがとう」

由香里さんがお茶を持って戻って来たのだ。教授はさっそく尋ねる。

「つかぬことをお聞きしたい。竹浦家とおつき合いが長いというが、竹浦家の皆さんがアルコールに強いかどうか、ご存じではないかな?」

どうしてそんな質問をするのか、由香里さんは不審に思ったかもしれないが、素直に答えた。

「いいえ。卯津貴さんはまったくお酒を飲まないし、ご当主の嘉広さんも同じはずです。酒を飲んでも気分が悪くなるばかりだって言っているのを聞いたことがありますから。今の奥さんの美也子さんは……、いろんな会合でお会いしたことはありますが、たいていソフトドリンクを飲んでいます」

「ありがとう。では、もうひとつ。御牧から聞いたが、以前にこぶし野と隣の市の合併が持ち上がった時、水質汚染問題が取りざたされたそうだが」

由香里さんの顔がこわばった。

「はい、こぶし野の湧水から水銀が検出されたっていうデマの話ですよね。ものすごく腹が立ちました。埴湧水は亥の神社から山側へ行ったところにあって、うちの店でも以前は使用していたんです。現在は違いますが。でも、あの湧き水に水銀が含まれているなんて、うちの店にとっては大打撃のデマです。絶対に許せません」

「その怪文書が出回ったのは、具体的にはいつ頃でしたかな」

由香里さんはしばらく考えてから、答えた。

「ええと、翔が生まれてまもなくです。私、産休育休を取っていて、年度替わりに福利厚生関係の書類手続きのことで久しぶりに金毘羅堂に行った時に、聞いたんです。湧水の汚染なんて、うちにとっては捨てておけない大問題ですから、みんな憤慨《ふんがい》していて。ええと、翔は二月生まれで年度替わりに行ったわけですから……。五年前の六月じゃなかったかしら」

「その怪文書の出所《でどころ》はわからなかったのですかな」

「結局、最後まで。ただ、赤兄《あかえ》社長は何か知っていたんじゃないかと勘繰る人はいましたけどね。あ、赤兄というのが、日和田建設の、現社長の名前です」

矢上教授は、なおも尋ねる。

「ところで、その件について、最近誰かに尋ねられなかったかな?」

由香里さんは、しばらく考えてから、顔を上げた。

「そう言えば、殺された流田健一さんに、怪文書の実物を見せてくれと頼まれたことがありました。そんなものは全部捨ててしまったと答えると、すごく残念そうな顔をされました」

「いつ頃のことかな」

「そうですね、今年に入ってからだったのはたしかなんですが、ええと……」

「え？　それって……」

咲は体を乗り出した。矢上教授はにんまりと笑う。

「御牧、どうやらこぶし野をうろうろしても危険はなさそうだな。おそらく、目黒区のマンション殺人には、家庭内の問題などより別の理由があるはずだ」

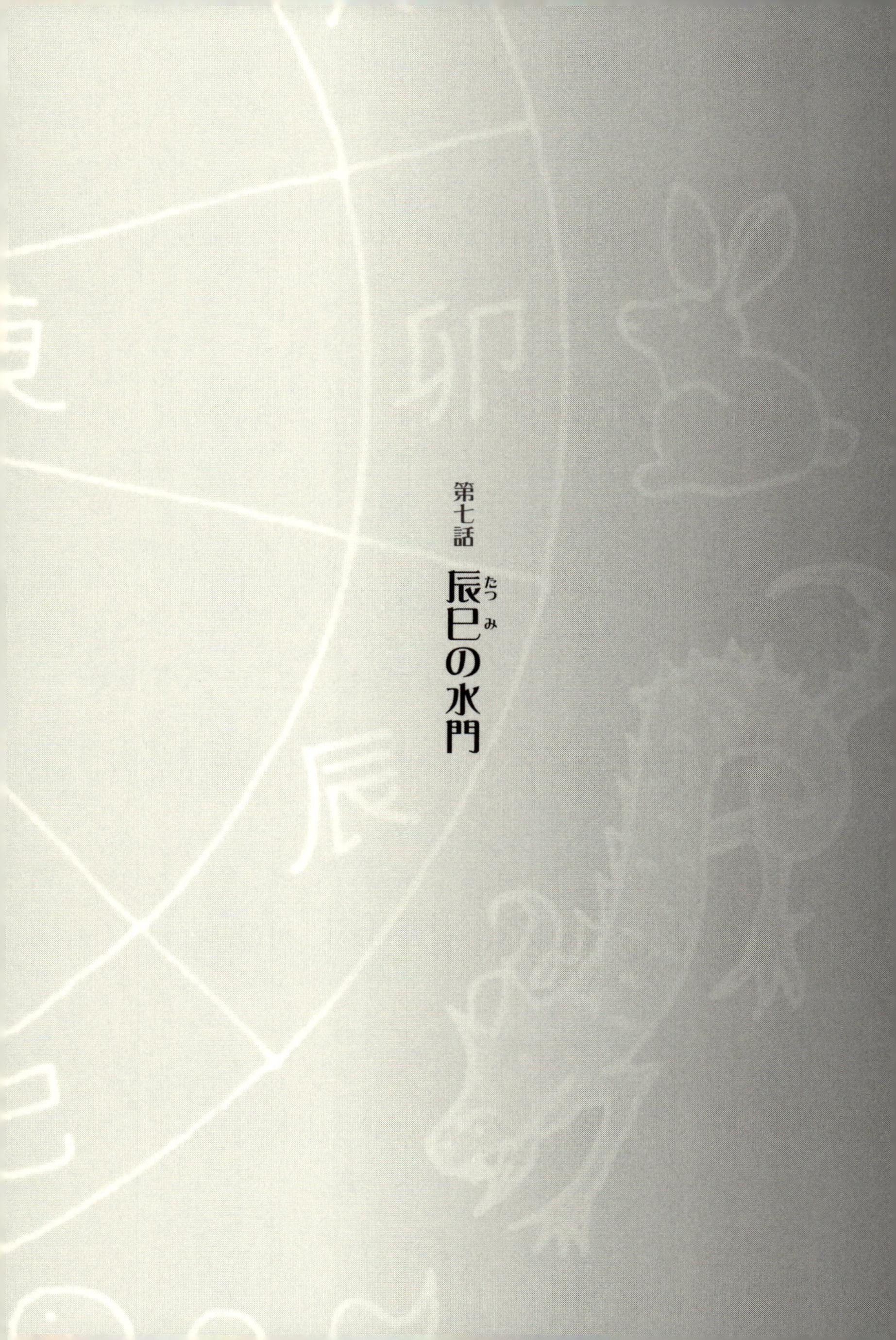

第七話
辰《たつ》巳《み》の水門

「今解決すべき殺人事件について、要点を整理しよう」

矢上教授はそう切り出した。由香里さんも神妙な顔で聞いている。

「まずは、竹浦龍という男性について。東京都目黒区のマンションで起きた男性の殺人事件に関わっているのではないかと、こぶし野の一部ではかなり露骨にささやかれているそうですな。その根拠としては、被害者の後輩に当たり、敵対関係があったのではないかとも言われている。そして一番怪しいことに、現在行方がわからない」

由香里さんは複雑な顔で答えた。

「敵対関係の内容が内容ですよね。つまり、龍さんは、被害者の奥さんと親しかったのではないかと、無責任に言う人たちがいるから。だから、その、被害者を厄介払いしたかったんだって言われてる。つまり奥さんと……」

「あいかわらずその憶測が消えないんですか」

咲は、由香里さんの複雑な表情の理由もその辺にあるのだろうと察した。種田家ではあまり語られていないし、こぶし野にとってあくまでもよそ者である咲には、ここ二日ほど、地元の噂は入ってこない。

そこへ行くと、金毘羅堂は噂のホットスポットだろう。由香里さんは接客中にそれを受け流さなくてはいけない。亥の子餅販売に追われていた今日は別として、通常営業の日なら、噂話の花が咲きそうだ。

「あからさまに龍さんを名指しで犯人と決めつけてるわけじゃないけどね」

由香里さんは口をとがらせた。

「それでも、竹浦さんのお宅のことを話す口ぶりでわかります。なんとなく、ご当主のことを遠回しに『お子さんには甘いから』とか『再婚されて先妻さんの子どもは居場所がなくなったのに』とか、まことしやかに言い出す人たちがいるんです。実情なんか、知らないくせに」

咲はまた質問した。

「卯津貴さんとは前からのお知り合いなんですよね?」

由香里さんはうなずいた。

「そう。私、高校生の時卯津貴さんにすごくよくしていただいたの。テニス部で、卯津貴さんが二年先輩で。一年上の学年に新入生だった私たちがクーデターを起こした時、卯津貴先輩の支援はありがたかった」

「クーデター」の内容も興味深いが、それ以上触れずに、由香里さんは話を続ける。

「ずっとよくしてくれた先輩なのよ。父の仕事のこともあるし、竹浦さんとは家ぐるみのおつきあいでしょう。高校卒業してからは、たいして会うこともなかったんだけど、先月の終わりに保育園の翔のクラスに入ってきた子、竹浦って姓で。よくよく聞いてみたら卯津貴さんの娘さんだったのよ。すごいめぐりあわせ。卯津貴さん、こぶし野に戻って来たんだっけ、そう思って聞いてみたら、足を怪我して、短期間だけど入院もしていたの」

「卯津貴さんという方、ご主人と死別して、お子さんと二人暮らしになっていたんですよね。それじゃあ、本当に困ったでしょうね」

「そう、そのとおり。わが子を二十四時間、何日も世話してもらうなんて、こればかりはなかなか他人のサポートをお願いする勇気は出ないわよね。やっぱり頼れるのは親族よ。それで菜摘《なつみ》ちゃんはおじいちゃまとおばあちゃまのおうちに行ったの。ただ突然、老夫婦と一日中過ごすのは互いに無理でしょうということで、保育園の一時預かりを申請して通ったんですって。母親の入院という緊急事態だから、優先順位は高かったはずよ。卯津貴さんは先週やっと退院できたそうだけど、今はまだ竹浦のおうちで療養中」

ふと、咲は思い出した。昨日翔君が言っていた、「すぐに探険をしたがる」ナツミちゃん。あれは竹浦家のお孫さんだったのではないか。

「あの、その菜摘ちゃんって、時々育子さんがお迎えを頼まれたりしていますか?」

由香里さんはまたうなずいた。

「そう。うちの母も、できることはお手伝いしたいと言ってね。美也子さん、やっぱり卯津貴さんや菜摘ちゃんについては面白くないようで、卯津貴さんが退院したら、家のことは家政婦さんに任せて、また留守がちになったようだし」

　そう言えば、翔君の落書きについてはまだ由香里さんは何も知らないのだ。その件をどう話すべきか。でも、咲は実際に落書きされた門がどれなのかも、まだ突き止めてはいない……。

　逡巡《しゅんじゅん》している咲の横で、矢上教授が口を挟んできた。

「ところで、無事に御牧と出会えたことでもあるし、私は竹浦家に行ってみたいと考えているのだが。これから訪問して、応じてもらえんだろうか」

「竹浦家へ？　教授がここで亥の子餅の紛失事件に出くわしたのが偶発的だったのはわかりますよ。でも、なぜ竹浦家へ行きたいんですか？」

「だから、現在起きている殺人事件の解決のためだ」

　咲はじっと矢上教授を見る。たしかに殺人事件は大問題だ。でも警察はきちんと捜査を続けているのだろうし、矢上教授がわざわざ乗り出してきたのが、どうもピンとこない。

「あの……、私、龍さんのこともよく知っているんですけど、龍さんが本当に関係していると考えているんですか？」

　由香里さんが心配そうに尋ねると、矢上教授は首を横に振った。

「いや。その可能性は低いと思うようになりました」

「どうしてですか?」

由香里さんは飛びつくように問いを重ねる。

「順を追って考えてみましょう。まずは被害者の服装について」

「服装?」

「私が得た情報によると、彼はチノパンというのか? とにかくパジャマ姿などではなく、もう少しきちんとした服装だったらしい。ただし、仕事中の服装でもなかった」

それは咲も知っている。事件発生直後、遺体搬送を目撃していた近所の人が、テレビカメラの前で興奮して語っていた内容だ。

「想像してみよう。仕事から帰ってきて、窮屈《きゅうくつ》なスーツは脱ぐ。でも、部屋着でもない。ということは、その場に一応は気を遣《つか》う誰かがいたのではないか」

「仕事上の部下は、まさしくそういう『気を遣う誰か』に当たりませんか?」

由香里さんが、気がかりそうに言う。

「ただし、その日は木曜だ。勤務先でいくらでも会えるものを、わざわざ自宅に呼びつけるだろうか」

「うーん、そこは何とも。仕事場で話したくないからこそ、自宅を指定したのかもしれませんよ」

咲の反論に、矢上教授はうなずく。

「まさしく。だから、さっき由香里さんに質問した。龍さんの飲酒習慣を知りたかったのだ」

「あ！　さっき教授が言っていた、ビーフィーター云々はそこに関わって来るんですか？」

「でも私、龍さんがどんなお酒が好きかなんて、知らないです」

由香里さんが困ったように言うと、矢上教授はにっこり笑った。

「だが、別の情報をくれたではないですか」

「何ですか？」

「竹浦のご当主も卯津貴さんも、アルコールに耐性がないと。そして母の美也子さんも、体質はどうか知らんが、アルコールをたしなむ習慣がないと」

「ああ！　それはすごい情報ですね！」

「父の体質を受け継いでいるなら、龍さんもアルコールを飲めない可能性が高い。母方の体質はわからんにしても、ビーフィーターほどの強い、さらに愛好者が限られる酒を好むかどうかには、かなり疑問が残ると思う。被害者が当夜、誰かのためにビーフィータージンを買ったと仮定するなら、その相手は竹浦龍ではなかったのではないか」

咲も、ひとつ思い出していた。

「こぶし野の伝説で、竹浦家の始祖の『虎』は、家臣とお酒の飲み比べをすると全員に負けるような男だったようです！」

「とすれば、竹浦家は代々アルコールに耐性がない遺伝的体質があるのかもしれん」

「つまり、流田さんがビーフィーターを買ってもてなそうとしたのは、龍さんではない。犯人は別にいると？」

由香里さんは生き生きした顔でそう言ってから、首を傾げた。

「だったら、龍さんはどこにいるんでしょう。お祭りにも顔を出さなかったし……」

「なので、そのことについて、竹浦家のご当主にお話ができないかと思うのだ」

「わかりました。矢上先生なら、有力なヒントを思いついていただけるかもしれませんものね」

由香里さんは腕時計を見る。

「今、二時少し過ぎですね。午後三時まで待ってもらえば、私が車でお送りしますが」

ところが、矢上教授は首を振った。

「せっかくのお申し出でありがたいですが、ここは奮発《ふんぱつ》してタクシーを使います。ここまで来たら急ぎたいですからな。ただ、できれば、竹浦卯津貴さんに、私たちが行くことをお話しいただけるとスムーズにいくのではと思うのですが」

矢上教授は、短時間の間に由香里さんの信頼を勝ち得たらしい。由香里さんは、力強く請《う》け合ってくれた。

「ええ、わかりました」

というわけで、咲は矢上教授とタクシーに同乗し、竹浦家へ向かっている。

「どうしてそんなに急ぐんですか」

咲が聞いてみると、矢上教授は微妙なうなり声を出した。

「そこまで切迫してはいないのかもしれんが、今のご婦人――由香里さん――が一緒でないほうがいいと思ったのだ。彼女に連れていってもらったら、彼女に紹介の労を取ってもらうことになるだろう。すると、その後の話にも彼女が同席することになるかもしれん」

「それだと、まずいんですか」

「ひょっとすると、あちらとしては内々におさめてもらいたい話になるかもしれんからな。今の由香里さんの耳に入れるかどうかは、あちらの判断次第ということにしたい」

「それでもまだ、私にはわからないことがあるんです。だいたい、教授がどうして、私がレポートで伝えたことしかご存じじゃない家のことに、こんなに興味を持つんですか」

咲が追及すると、教授はにやりと笑った。

「まあ、そこについては勘弁してくれ。今にわかる」

「じゃあ、未の門に描いてなかった落書きのことで、どうして私に警告したりしたんです？　今朝まで私の身に危険が迫るかもしれないって考えていた理由も聞かせてもらっていません」

「ああ、それなら、すぐに説明できる。神様が落書きを飛ばしたと子どもに言い聞かせた青年は、なぜ都合よくその場にいたのか。そしてもうひとつ、なぜ落書きはすぐにシートで囲われたのか。この二つが疑問だったからだ。さらに言うならばだ、その青年が、何か不自然なほど子どもに優しかった気がするからだ。そして現在、こぶし野では一人の青年が、いるべき祭りにいないと不審がられているというではないか」

「え？　じゃあ教授は、翔君が未の門近くで会った『お兄さん』が、龍さんではないかと推測しているわけですか？」

「そういうことだ」

「なぜですか？　そりゃあ、可能性としてならありうることだとは思いますよ。でもそこまで確信できるほどの根拠はないでしょう？　その辺を歩いていた見知らぬ通行人。私には、それだけにしか思えませんでしたが」

「御牧の話していた中にも、ある程度の根拠はあるだろうが」

「え？」

「翔君が門に落書きをしたのは一昨日《おととい》の夕方、午後四時ごろ。心配になってもう一度家を出て、問題の『お兄さん』にあった時は日暮れ、六時から七時の間くらいだろう。御牧が相談を持ちかけられたのが昨日の夕方。そして今朝早くには、すでに二つの門にシートがかけられていた」

「はい」

「ところで、今日は月曜日だ」

「はい。それが何か？」

「役所は、基本、土日には機能が停止する。緊急を要する部門ならともかく、文化財保護を管轄している部署など、時間に追われない、お役所仕事の最たるものではないのか。それが、土曜日の夕方にされた落書き被害に日曜の日中にすぐに対応していたというのは、ちょっとありえない迅速《じんそく》さだ」

「はあ」

咲は思いもかけない指摘に、口をぽかんと開けた。

「でも、実際にお役所仕事らしからぬ対応をしているということは……」

「誰かしら、さる権威を持った存在が、この落書きは早急に対応すべきと動いたということに他ならない。そして御牧のレポートを見る限り、そうした影の権力者としてこの町で一番ありそうなのはあの家だと思ったのだ。しかも、そこに、現在、居所《きょしょ》不明の『お兄さん』にふさわしい年頃の男性がいる。そして、神社の門の落書きに対して行政に働きかけられるなら、その青年のほか、当主も口添えしているだろう。どうだ、当たってみるだけの価値はあると思わないか?」

その時、タクシーが、あの立派な門の前に到着した。

矢上教授は門の前で自分の身なりをざっとチェックし、夏スーツの胸ポケットから名刺入れを取り出すと、それを片手に、門に取りつけてあるチャイムを鳴らした。

広い前庭の向こうで、チャイムが鳴っているのがわかる。

あのご当主か家政婦さんが家の奥からインターホンに応えるのだろうと思ったが、応答したのは、まだ若そうな女性の声だった。

「はい？」

「先ほど種田忠雄さんのお嬢さんにお話を通していただきました、矢上と申します。――大学で教鞭《きょうべん》を執《と》っております。突然に失礼ですが、もしもご当主にお時間がありましたら、二、三、申し上げたいことがございましてな」

矢上教授は慇懃《いんぎん》に、インターホンに向かってそう言った。

まもなく、門が開いた。

開けてくれたのは、由香里さんと同年代に見える、髪を後ろでひとつにまとめた女性だった。肌の色が抜けるように白い。肩が薄い。右足には真っ白な包帯が痛々しい。

「失礼ですが、竹浦卯津貴さんですかな？」

「はい」

「これはこれは」

矢上教授はその女性に、丁寧に頭を下げた。後ろの咲も、あわてて倣う。

「あの、由香里さんからは、何か折り入って私どもにご相談があると……。先生のご研究に関わることですか」

教授は由香里さんに、あまり具体的な話まではしないようにと頼んでいた。断わられることを懸念《けねん》してだろう。

教授は、重々しく卯津貴さんに答えている。

「さよう、私は大学で日本文学と民俗学その他の研究をしておりまして、この町の歴史について、興味がございます。ですが、今日はそれよりも立ち入ったことを伺いたくて参上しました。実は先日ここにいる御牧がご当家の卯塚を拝見したそうですが、お父上が、卯塚のことは竹浦家の女性が大切にしているというたぐいのことをおっしゃったそうです。こぶし野を敵から守った卯塚の女性。そして現代の女性もこぶし野を守っている。そんなことを」

「父が、そんなことを?」

「さらに今回、隣のK市の日和田建設の息子さんが殺害された。この件について、少々申し上げたい。お父上にお取り次ぎいただけないでしょうか」

卯津貴さんは、矢上教授から名刺を受け取り、ちらりと見ると体を引いた。そして右足をかばいながら、ゆっくり歩き出す。

「父に伝えてまいります。とりあえず、中へどうぞ」


当主の嘉広さんは、立派な床の間のある部屋で迎えてくれた。家政婦の吉野さんではなく、卯津貴さんが、また足をゆっくりと引きずりながらお茶を運んできてくれ、嘉広さんの横の椅子《いす》にすわる。

すると、矢上教授は単刀直入に切り出した。

「ここにいる御牧は私の教え子ですが、一昨日、この町の南のほうで面白い青年の話を聞いたそうでして」

そして、翔君が遭遇した「お兄さん」の話を、細かに説明した。

「この青年、竹浦家の方ではありませんか？　こぶし野の神社の門が落書きされた後、すぐに処置を施《ほどこ》せるのは、こぶし野の名家でなければならない。どうでしょう？」

矢上教授と向かい合っている嘉広さんは、お人よしそうな顔を無理に険しくしている気がする。そして、しばらくのち、口を開いた。

「さて。心当たりはありませんが」

「しかし、ご当家に、その子どもが説明した風貌に似た男性がいるのは確かでしょう」

矢上教授がさらに迫ると、嘉広さんは迷惑そうな顔になった。

「そのような男など、この町にもいくらもいるでしょう。そもそも、なぜにその男を捜し出したいのですかな。また、私どもがそちらさまに協力する筋合いも……」

「そうですか、それは残念。たしかにこちらの方だと思ったのですがな」

横で聞いている咲ははらはらした。矢上教授はもっともらしく語るが、証拠など何もない。翔君は、「お兄さん」のくわしい描写もしていないのだ。

しかし、矢上教授は自信たっぷりに言葉を続けている。

「実は、その子どもが、彼曰くの『お兄さん』の落とし物を拾っておりましてな。できればお渡ししたかったのですが、お心当たりがないとなれば、これは警察に……」

「その子は何を拾ったんですか?」

用心深そうに卯津貴さんが口を挟んだ。

「なに、双眼鏡です。ただ、なかなか高価そうに見えたもので」

ご当主が腰を浮かせた。

「拝見できますか? あれが持っていたのは……」

そこで自分の失言に気づいたらしい。ご当主の顔が赤くなる。

「いや、我が家とは関係ないことでしたな」

そこで卯津貴さんが、いても立ってもいられないというように再度口を挟む。

「でもお父さん、一度見せてもらったほうが。万一……」

そこで矢上教授が話を引き取った。

「万一、彼の持ち物で、警察に押収されたら困ったことになる。もしも指紋を調べられでもしたら……。そういうことですかな?」

そして固まってしまった嘉広さんと卯津貴さんを前に、立派な座布団《ざぶとん》から体をずらすと、手をついて頭を下げた。

「失礼をいたしました。実は双眼鏡云々というのは、申し訳ない、すべてはったりです」

「はったり?」

嘉広さんが頓狂《とんきょう》な声を上げた。

「はい。私の知る限り、彼は何も落としてはおりません。ただ子どもが、そのお兄さんはついさっきまで水泳をしていたようだ、ゴーグルのあとが目の周りについていたと言っていたことから、私が推測したまでです。髪が濡れていたわけでもないのに水泳用のゴーグルの痕だけついていたとは考えにくい。そして、その少年が近づいてくるのにいち早く彼が気づいたのにも何かわけがあるのではないか。たとえば彼は周囲を警戒して近づくものを見張っていたから、すぐに少年に気づけた。両方を足したら、彼が双眼鏡を目に当てていたというのが、一番可能性が高いと考えたわけで」

「あなた……、矢上さんですか、何をしにいらしたんです？」

嘉広さんの声が震えている。

「おそらく水門あたりに隠れているご子息について、助力ができないかと。赤の他人がこう申し上げるのもなんですが、巻きこまれそうな殺人事件に対して、より効果的な対処法があるのではないかと思いましてな」

「なぜ、そんなことを心配してくださるんです？」

卯津貴さんの言葉は、疑い深い。思わず、咲は口を出していた。

「種田さんご一家が、すごく心配しているからです」

ご当主が、何か思い当たったという顔になった。

「そうか、お嬢さん、先日忠雄さんと一緒においでになった方ですな」

「はい」

咲はしっかりとうなずいた。それから卯津貴さんに向けて言う。

「由香里さんも、すごく心配しています」

卯津貴さんの顔が、少しだけやわらぐ。

「そうなの、由香里さんも……」

そして、何か思いついたように席を立った。

矢上教授は、あらためて切り出した。

「目黒の事件については、新聞等で情報を仕入れてきました。ここにいる御牧が少々先走らないかと、それも心配してやって来たわけですが、いかがでしょう、少し質問させてくださらんか。まず、龍さんが殺人を犯したわけではないと、確信を持たれる根拠はあるのですか？　ご家族の心情などというものとは別に」

「あります」

嘉広さんがはっきりと言った。

「ですが、それをあなた方に申し上げる筋合いはないと考えます」

「ごもっともです」

矢上教授はあいかわらず穏《おだ》やかに受け流す。

「それでは、単に私の雑談として聞いていただきましょうか。ご家族は龍さんの潔白《けっぱく》を知っておられる。だから龍さんが犯行があった日の翌日から姿を現わしていないことにも不安を持っておられないし、町に広がる無根拠な噂など気にかけていない。また、あえて無視している合理的な理由もあるわけですな。龍さんの今の行動には目的がある。おそらく自分以外の誰かのために。そして、時間も切迫しているのではないですか。龍さんは警察に事情を聴《き》かれる時間も惜しい。それが身を隠している理由ではないのか。先ほど、私がつたない引っ掛けをしたことにご当主が反応してしまったのも、龍さんにもうしばらく自由に行動する時間を与えるためではないか。さらに……」

そこで卯津貴さんが戻ってきて、父親の肩に手を置いた。

「お父さん、この方たちに協力してもらってもいいんじゃないかしら」

そこで卯津貴さんは教授と咲のほうを振り向く。

「私、今、由香里さんに電話してみたの。このお二人のことは信用してよさそうよ。それに、龍もそういつまでも隠れてはいられない。この教授は、ささいなことから真実にたどり着いてくださるそうよ。私たちには、やましいことはないんだし」

矢上教授が、コホンと咳払《せきばら》いして、話を続けた。

「彼は、何を捜しておるのです?」

しばらく沈黙した後、嘉広さんがはっきりと言った。

「日和田建設の会長が持っていたはずの、覚書《おぼえがき》です」

「ほう」

矢上教授が目を光らせた。

「それを、K市ではなくこぶし野で捜しているのですか」

なんとなく教授があたりを見回したのを見て、嘉広さんがつけ加えた。

「龍は、今はこの家にはおりません。この時期、人の出入りが多いもので、私たちに迷惑はかけたくないと申しましてな」

「それで身を隠しているのは、辰巳の水門ですか?」

嘉広さんが目を丸くした。

「どうして、それを……」

卯津貴さんも言う。

「私たちも、昨夜龍から連絡があるまでは知らなかったのに。隣のK市にいるとばかり思っていました。あちらで捜しているのだと……」

「なるほど、日和田建設会長のお宅あたりをですか」

「はい。私は怪我のあと、菜摘と一緒にこの家に転がりこんでいるので、K市にある家が空いています。ですからそこに。ああ、それから、龍の母親の美也子さんは、私も無事に退院できたから少し休むと、ただいま旅行中なんです。たまたま、サイホウさんの祭りの前日から」

おそらく卯津貴さんとこの家で顔を合わせているよりもと、旅行に出たのだろう。

殺人事件は美也子さんや卯津貴さんが居所を移動した、その狭間《はざま》のタイミングで起こったのだ。

嘉広さんが立ち上がった。

「わかりました。あなたにご協力をお願いすることにします。詳細は龍とお話しください。私がご案内しますから」

ところが、一同が玄関に出てきた時だ。騒々しく、玄関の戸が開いた。

「ねえ、流田健一さんが亡くなったって、どういうこと？」

一歩中に入るなりまくしたてたのは、血相を変えた女性だった。咲の母親より年上に見える。大きなバッグを提げている。

彼女を見て、咲はぽかんと口を開けた。彼女は、咲の存在など無視してしゃべり続けている。

「まったく、どうして私に連絡をよこさないの？　お友だちから知らせてもらって、びっくりして、でも航空券は変更できないし、土日の便はキャンセル待ちでも取れないし、これでもできるだけ急いで帰って来たんだから……」

ご当主が静かな声でなだめにかかる。

「落ち着け、美也子。刑事事件だから、私たちが口を挟めることはない」

嘉広さんの言葉など、美也子さんの耳には入らないようだ。

「それに、龍よ！　あの子に電話してもメールしても、一向に返事が来ないんだけど！　あの子はどうしちゃったの？」

美也子さんに袖をつかまれている父親を横目に、卯津貴さんが咲にささやいた。

「父はしばらく義母にかかりきりになってしまいます。私もこの場にいたほうがいいと思います、義母が気を回しますので。龍には私から連絡して、お二人が行くことを知らせます。辰巳の水門に行ってください。由香里さんにお願いしましょう。お二人を連れて行ってくださると思います」


矢上教授と二人、竹浦家の門から少し離れたところで由香里さんの迎えを待っている時だ。咲はようやく口を開いた。

「教授、ひとつお話ししなくちゃいけないことがあります」

「ふむ？」

「あの、私も今、初めて美也子さんを見たんですけど……。以前にも見かけたことがありました」

「ほう。どこで？」

「私がこぶし野に来た初日。こぶし野駅で」

「ほう？　ということは……」

「そうです。『ネズミの靴を忘れないで』って電話で話していた、あの女性です」

「ほうほう、それは」

さすがに、矢上教授にも意外だったようだ。

「ね、教授はあの時、その女性はどこか泊まりがけでお葬式に出るところで、あとから同じく列席する子どもが電話相手と一緒に合流する……。そんな推理をしましたよね」

「あの時は、まったくの推理ゲームのつもりだったがな」

「でも、竹浦さんの事情は、ぴったりそれに当てはまりますよね。先月、卯津貴さんの亡くなったご主人のお父さんが、亡くなっているんです」

例の日和田建設の会長だ。

「竹浦家との縁は切れたとも言えるけど、卯津貴さんのお嬢さんは、もちろん亡くなった方の孫です。当然列席すべきでしょう。そして、竹浦嘉広さんや美也子さんも。お嬢さんを連れていくためもありますし、ご自身たちも古いおつき合いがあったようですから。でも、卯津貴さんは行けなかった。靱帯を切って入院していたから」

結果、血のつながらない美也子さんが先行し、嘉広さんは孫娘とあとから出発した。

「卯津貴さんのお嬢さん、菜摘ちゃんっていうんです。私が聞いた美也子さんの言葉、『ネズミ』ではなくて『ナツミ』と言っただけだったのかもしれない」

それでも教授の推理は破綻《はたん》しない。

咲は、それ以上は言わなかった。実は、嫌味な大叔母を思い出していたのだが。その大叔母は、自分の息子の妻――名前は楓《かえで》――が大嫌いだった。だが表面上はにこやかに、彼女の名前を連呼していた。

「カエルちゃん」と。

その呼び方をとがめられると、彼女は不本意そうに反論したものだ。

――あらあ、私、由緒《ゆいしょ》正しい呼び方をしているだけよ。知らないの？「楓」の名前の由来は、「蛙手《かえるで》」なのよ。ほら、カエデの葉っぱって、カエルの手にそっくりでしょ？

大叔母はたしかに「カエルデ」と発音しているつもりなのかもしれない。聞き手にはどうしても「カエル」としか聞き取れないとしても。

美也子さんも、ちゃんと「ナツミ」と言っているつもりなのかもしれない。それが「ネズミ」と聞き取れてしまったのは、咲の耳のせいなのだろう。

美也子さんと嫌いな大叔母が似て見えるのも、咲の気のせいなのだろう。

自分の思考が脱線していることに気づき、咲は話を戻した。

「ところで教授、竹浦龍さんが隠れているのが辰巳の水門だと、どうしてわかったんですか？」

「ひとつには、こぶし野駅近くで隠れられそうな場所、さらに竹浦家の力が及びそうなところを考えてみたからだ。御牧がこの夏送って来た写真の中に、辰巳の水門や給水塔と小屋が写っていた。商業施設でないほうが、人目につかないだろうし、竹浦家なら出入り可能かもしれんからな。そしてもうひとつ、例の落書きのこともある」

「落書き？　結局、落書きされたのがどの門か、私、まだ突き止めてもいませんよ」

「だが、シートがかけられていたのは南の方角の門だっただろう？　わしが思うには、落書きされたのは巳の門だな」

「なぜです？」

「地図で確認した。その子が通っている保育園は、こぶし野駅の近く、十一の神社をめぐる道の外側にある。つまり、未の門に行くなら、保育園を出てからその道を左に曲がることになる」

「はい」

「だが、その『お兄さん』に会った時、彼は保育園とは逆方向、祖父母の家から門を目指している途中だった。だから、保育園から目指すのと同じように左に曲がれば、巳の門に行きついてしまう」

「ああ、なるほど！」

そこまでは考えつかなかった。

「彼は保育園からの帰路、祖母によって未の門と思いこんだ巳の門に連れていかれた。またはからずも、一人で逆方向から確認に向かった時も、習慣によって左に曲がり、同じく巳の門に近づいてしまったのではないか。小屋に潜《ひそ》んでいた竹浦龍は、双眼鏡を目に当てて近づくものに用心していたのだろう。そして一人でやって来る子どもに気づいた。なんとかして、追い払いたい。

だから子どもが未の門に行きたがっているのを幸い、肩車して連れていってやった。未の門に。そうそう、傍証《ぼうしょう》もあるぞ。彼が、なぜ未の門に落書きがないと確信できたのか。一番簡単な説明は、巳の門に、子どもの落書きを見つけていたか、ひょっとすると彼が落書きするところを双眼鏡で実際に見ていたからというものではないか?」

咲は脱帽した。

「……よくわかりました、教授」

その時、クラクションが聞こえた。

由香里さんが、車の窓から手を振っている。

竹浦家でのやり取りを由香里さんに説明しながら、教授と咲は移動した。

辰巳の水門にかかった頃には、日が陰り始めていた。

由香里さんは、卯津貴さんから指示を受けているという。その指示どおりに車で給水塔の裏に回ると、夕闇の中から一人の人影がひょろりと現われた。

かなり背が高い。だが、細身なのとグレーのジャージを身に着けているため、人目にはつきにくい。

これが竹浦龍さんだった。

潜伏四日にしては、身ぎれいにしている。

由香里さんの指示により、咲は素早く後部座席のドアを開け、龍さんを車内に押しこんでから、自分ももう一度座席にすべりこんだ。

運転席に由香里さん、後部座席には龍さんを真ん中に、矢上教授と咲が挟む形だ。

まるでテレビで見る容疑者連行の配置のようだが、これが一番龍さんを人目から隠せる形だろう。

「由香里さん、この人たちですか」

龍さんは落ち着いて尋ねた。

「そう。私の親戚の咲ちゃんと、その指導教授の矢上先生。卯津貴さんから連絡受けているのよね？　人目につかないほうがいいから、車を走らせながら話そうか」

由香里さんが車を発進させると、龍さんはすぐに切り出した。

「千鶴《ちづる》さんが殺したんじゃありません。……あ、千鶴さんというのは、殺された流田健一さんの奥さんですが。ぼくは、それを証明できます」

そしてちらりとルームミラーの中の由香里さんを見やった。由香里さんは無言。

矢上教授が尋ねた。

「『証明できる』と言われたな。一番単純な不在証明は、その時間、該当者の所在を証言できるというものだが」

「そう、そのとおりですよ。あの晩、死亡推定時刻に、千鶴さんはぼくと一緒にいたんですから」

由香里さんが息を吸いこむような音を立てた。一瞬、車が横に揺れ、また正常に走り始めた。

「ご、ごめんなさい、アクセルから足がずれちゃった」

由香里さんはルームミラーをちらりと見て謝ってから、声を改めた。

「あのね、龍さん、『一緒にいた』って……」

「何もやましいことはしていません」

龍さんは、むっとした顔で言った。

「あの日は、健一さんは仕事で外泊すると千鶴さんには言っていたそうです。それで、千鶴さんも友人の家に泊まりに行くと健一さんに話した。そして、ぼくのマンションにやって来ました。いろいろと、相談したいことがあったので」

「相談って、なんの？」

「健一さんの、断酒についてです」

「断酒？」

由香里さんはオウム返しに言ってから、何か思い出したようだ。

「……龍さん、断酒会のパンフレットを持っているところを、この町で誰かに見られたそうね」

「人の目ってこわいな」

龍さんは苦笑した。

「持っていたのは、そのとおりですよ。でも、ぼくのためじゃありません。幸か不幸か、うちの家系はアルコールを受けつけないんです」

「そのこと、千鶴さんから相談されていたの？」

「はい。もっと言うと、姉の卯津貴も含めて、相談に乗っていました。でも、最初に警察から連絡を受けた時、千鶴さんはそのことを警察に隠してしまったんです」

「どうしてそんなこと……。正直に言っておけば……」

言ってから、由香里さんは小さく笑う。

「まあ、気持ちはわからないではないけどね」

「今、千鶴さんの妹さんがものすごくいい家との縁談がまとまりかけているところで、実家では、姉のごたごたなど許してくれそうもない雰囲気なんだそうです。既婚の姉が、夫が殺された晩、独身男の部屋に二人きりでいた。こんなことがわかったら妹の縁談が壊れる、両親なら絶対にそう言って騒ぐ。とっさに千鶴さんはそう考えてしまったんです」

「なんか……めんどうくさそうな家ね。あ、ごめんなさい」

「いいですよ。正直、ぼくもそう思います。そんな両親だから、健一さんの依存症のこともずっと打ち明けられなかったんです」

そこで矢上教授が割って入った。

「その千鶴さんの家庭の事情は、まあいい。しかし、龍さん、君はいつまで隠れているつもりだ?」

「健一さんが探っていたことの、証拠を見つけるまでです。それを見つけたら、警察に駆けこみますよ」

「今現在、千鶴さんは警察にどう説明しているのだ?」

「夫が帰ってこない夜、一人でゆっくり考えたかったから、たまたま家を空けている友人の鍵を借りて、そこに一人でいた。それがぼくの部屋です。一人だから誰にも証明してもらえない。彼女は、それで通しています。ぼくのマンションは防犯カメラなんかついていないから、警察も反証は見つけられないでいる。警察はたぶん、ぼくと千鶴さんの仲を疑っているけど、こちらから違うってことを証明してやる筋合いじゃありませんからね。それに警察だって何も証明できませんよ、実際ぼくと千鶴さんには何もありませんから」

「何もない……のね?」

由香里さんが念を押すと、龍さんは決然とうなずいた。

「ないです。信じてもらうしかないけど」

「まあ、いいわ。それじゃ龍さんのほうは、警察に事情を聴かれていないの?」

「だからぼくは、金曜日から週末を利用して一人で旅行中。なぜか、勤務先に呼び出してもらっても連絡が取れない。父も姉も、何も知らない。ぼく、ツーリングが趣味なんです。一人で気ままに旅行していて、携帯電話はうっかり壊しちゃった。おかげで連絡が取れないまま、今まで来てるってだけですよ」

「携帯が壊れたって、それ本当？」

「はい、ちょっとバイクで轢《ひ》いて、粉々に」

不運にも轢いてしまったのか、それともわざとなのか。そこには誰も突っこまなかった。由香里さんがまた尋ねる。

「じゃあ、連絡はどうしているの？」

「姉の携帯を借りています。姉はあまり外に出ないし、家の電話で用が足りるから大丈夫って言ってくれました」

「徹底してるのね」

由香里さんが不本意ながらも感心した声を出す。龍さんは小さく笑った。

「ね、ぼくは別に悪いことは何もしていないでしょう？　まあ、今日会社を休んだことは仮病《けびょう》を使ったから、嘘《うそ》をついたことになるのかな。そのくらいです、まだ」

「では、これ以上面倒が起こらないうちに、片をつけるべきだな」

矢上教授が発言した。

「はい。もしも、捜し物の知恵を借りられたら、すごくありがたいです」

龍さんが真剣な顔で矢上教授に向きなおった。

「捜しているのは、先月に亡くなった、日和田建設会長の覚書です。千鶴さんが言うには、亡くなった健一さんもそれを捜していたんだそうです。本人からその存在を聞いたことがあると」

「覚書の性質はわかるのか？」

「K市とこぶし野の合併の話はご存じですか？　その時に、日和田建設の当時の副社長が合併を強力に推し進めようとして、暗躍した。日和田建設の会長は体調を崩し、社長だった健一さんの兄の創さんは事故死。だから副社長の方針どおりに会社は動いていたんです。健一さんも合併そのものには賛成でした。何と言っても、健一さんの実家である日和田建設的には悪い話じゃないですからね。ただ、健一さんは他家へ出た形になっていたし、日和田建設の実務にはノータッチですから、具体的なことは知らなかった。健一さんは、自分の地元も実家も、好きじゃなかった。田舎臭《くさ》いと嫌っていたんです。アウトドアが趣味だったけど、それはあくまでおしゃれな場所でおしゃれな暮らしをしている都会人の、休日の趣味ってだけ。だから、日和田建設と取引がある東京の企業に就職したんだし、いいところのお嬢さんを引き合わせられたら、大喜びで結婚にこぎつけた。ぼくの就職に口をきいてくれた時も、自分の同志って扱いでしたよ。『お前も、こぶし野なんて退屈な場所に縛られるのはうんざりなんだろう？』って」

龍さんは苦笑して、また続ける。

「なんだか、故人を悪く言ってるみたいですけどね。そんな人だから、結局合併話が流れた時も、たいして気にしてませんでした」

「じゃあなぜ、その話が今になって蒸し返されて、しかも殺人事件なんかにつながるの？　合併せずと最終判断が下ったのだって、もう三年くらい前よ」

由香里さんが質問する。

「健一さんが、ある疑いを持ったのがきっかけです」

「と言うと？」

「今年の春でしたか、久しぶりにK市に帰って同窓会に出た時、こぶし野の住民で合併反対運動に関わっていた同窓生から、あらためて詰問《きつもん》されたんだそうですよ。もう話せるだろう、日和田建設は埴湧水地の水質汚染疑惑に関わっていたんじゃないかと。健一さんにとっては、初めて聞く話でした。自分の実家が関わっていると言われては、捨て置けない。父である会長に聞いても、なんだか埒《らち》が明かない。一人で調べるうちに、健一さんは疑問を感じるようになりました。最初のうちは、悪意のあるデマだと思っていたのですが、やがてこわくなったそうです。怪文書の内容を察して」

由香里さんは何か思い当たったような顔になった。

「私も健一さんに聞かれたわ。その怪文書がどこかに残っていないか、知らないかと。私は全部捨ててしまっていたけど、こぶし野を当たれば、まだ持っている人はいたでしょうね」

「殺される前日、日和田会長の二七日《ふたなのか》の法事があったんです。健一さんは、千鶴さんとK市の実家に赴《おもむ》いた。そうしたら、会長の書斎の古いファイルの中に、その怪文書の実物があったんだそうです。それを見て、健一さんは血の気を失った。千鶴さんはそう言っています」

「あの文書の、どこが？」

「『ひょっとしたら、この怪文書は、自分が何か口走ってしまったのがきっかけで作られたのではないか』と」

龍さんはうつむいた。

「健一さんは、悪い人ではありません。でも、どうにも酒がやめられなかった。泥酔すると人が変わったようになるし、自分でも記憶をなくすのをこわがっていたそうです。それでね、健一さん、大学では民俗学を研究していて、卒業後も趣味でフィールドワークをしたりしていたんです。ぼくもそれは知っていた」

「まだわからない。あの怪文書のきっかけが健一さんだって、どういうこと？　私たちも、出所を突き止めようとずいぶん頑張ったのよ。でも結局わからなかったのに」

「あの文面のあるところに、健一さんは疑問を抱いたんです」

「埴湧水地の『埴』は、もと『丹生』ではなかったのか。その部分かな」

矢上教授が口を挟むと、龍さんは驚いたように顔を上げた。

「ご存じだったんですか？」

矢上教授は首を振る。

「いや、たった今まで、健一さんがそこに関わっていたとは知らなかったよ。だが、牽強付会《けんきょうふかい》なものにしろ、『墳』という地名の由来についてのその解釈を御牧から聞いた時、これは普通、土地開発業者などがする発想ではないと思ったのだ。誰か、そういう知識を持った人間が関わっているとな。しかし、それが流田健一さんだったのか」

「健一さんは、自分でもアルコール依存について悩んでいたんです。やめようと思ってもやめられず、いつかは酒が原因で大きな失敗をするのではないかと恐れてもいました」

「だから怪文書を見て、心配してしまったのね。自分が泥酔して口走った民俗学的知識が、怪文書のネタに使われたのではないかと」

「だとしたら、義姉の卯津貴さんにも迷惑をかけていることになる。だから、健一さんはこの件を突き止めようとしたんじゃないかと思います。それであの日、誰かに会った。そして、殺された」

「その誰かの見当はついているのか？」

「会長は、先頭に立っていたわけではなさそうだ、健一さんはそう判断したようです。何と言っても実の父ですからね、腹を割って話した結果の判断でしょう。兄の創さんも、怪文書が出回った時期には亡くなっていました。ということは……」

「そうか。日和田建設の、当時の副社長か……」

「現社長の赤兄ですね。健一さんにとっては、父が興した会社を乗っ取った人物とも取れます。でも、現社長が健一さんを殺したとは考えにくい。あの男が深夜にマンションを訪ねてきても、健一さんは部屋に上げたりしないでしょう」

「犯人が別にいた……？　健一さんが疑っていたのは誰なの？」

由香里さんがもどかしそうに言うのに、矢上教授も言葉を添えた。

「疑ってはいても、警戒はしない人物なのだろう。今、龍さんが現社長に対して言った推測を適用すれば、警戒なく、深夜、家に招き入れる人物なのだから」

龍さんは首を振った。

「誰だかわかれば、さっさと警察に情報提供してますよ。合併のための工作にかかわっていた人間で、あの晩、健一さんが酒の力を借りて対決しようとしていた誰か。でも、身の危険を感じたりはしていなかった、つまりはそれまでは友好的につき合っていた誰か。ぼくに推測できるのは、今はまだそこまでです」

「それだけの推測ではどうしようもないわよね」

「はい。だから、日和田建設会長の覚書がほしいんです。合併運動当時、社内で合併推進プロジェクトを立ち上げていて、そのメンバーの名簿を現社長が会長に提出していた。覚書にはそれも書いてあるはずです。そこにある名前と、健一さんとつき合いのあった人物。両方の条件を満たす人間が、一番疑わしい。そこまで証拠をまとめてから、警察に知らせたいんです」

「よくわかった。で、手っ取り早いのは、その覚書を捜すことだというのだな」

「はい。たぶん、会長の遺品の中にあるはずです。殺される前日、二七日法要《ほうよう》の日に、死後の整理もかねて、親族や関係者が会長の家に集まっていたそうなんですが、結局、その覚書は見つかっていません。ただ、開け方のわからない金庫があってみんな困っていたそうです」

「金庫？　どんな形式かね」

「古いもので、よくテレビなんかで見るように、二つのダイヤルを回して開けるんだそうです。千鶴さんはそう言っていました」

「どこかに開け方を書いたものは残っていないのかね？」

「今、日和田家では、家中ひっくり返してそれを捜していますよ」

　龍さんはそう言って苦笑する。

「亡き会長は定期的にキーナンバーを変更していて、そのたびにメモ書きにしてどこか手近なところにしまっていたそうです。ですから生前に着ていたジャケットやズボンのポケットや、手帳に挟んでないかとか、そういう心当たりを。会長の私物は全部その書斎にあるから、メモがあるのも必ず書斎のはずだ。でも、見つからない。『ここまで捜してもないなら、家の外に持ち出されてしまったんじゃないか』、そんなことを言い出す人がいて、みんなで確認し合ったんですが、誰も何も持ち出していないとわかっただけだったそうです。その書斎は会長がドアに鍵をかけて、いつもその鍵を持ち歩いていたんです。会長の葬儀の後、顧問弁護士によって一度開けられ、親族が内部を確認したのちにまた同じ弁護士によって施錠《せじよう》された。そして二七日法要の日に再び開けられるまで、その鍵はずっと顧問弁護士が保管していた。だから、書斎に出入りできた人物は限られているんです。そしてその人間たちは、誰も何も持ち出していないと言い張る。というわけで、目下《もっか》、書斎の中の大捜索中です。それが見つかるまでは打つ手がない。そんな時に突然健一さんが殺されてしまった。もう、大混乱ですよ」

「龍さんは、その捜索に加わるわけにはいかないものね……」

「だからぼくは、こぶし野に来たんです。ひょっとして、ぼくの父が生前の会長から預かったりしていないか、それを確かめに。自分ではそのつもりがなくても、会長から以前にもらったものにメモが隠されていないか、と。父はよく会長の蔵書をもらっていたので、何か手がかりがないかと、ぼくはそれを首っ引きで全部調べているところです。今のところ、何も見つかりませんけどね。この小屋でそういう蔵書と取り組んでいるのは、ぼくの家では出入りが激しすぎて、誰かに見つかりそうだからです。何しろ、この週末はサイホウさんの祭りでしたから」

「それにしても、龍さんのかくれんぼもそろそろ限界じゃない？」

そう言ったのは由香里さんだ。

「いつまでも続けているのは不自然でしょう。いくら、連絡が取れなかったと言い訳をして逃げ回っていたとしても、もう四日目よ」

「でも、ほかに方法がないんです」

しばらく黙っていた矢上教授が、そこで体を起こした。

「龍さん、あなたの言っていることを整理するとこうなる。葬儀の後、故会長の書斎には何人かが出入りしていた。それは主に故会長の親族や近しい人であって、その中の誰も、何も持ち出していないと言う」

「健一さんや弁護士が、しっかりと確認したそうです」

「ところでその中に、金庫を開けることで不利益を被《こうむ》る者はいないのか？」

「というか、金庫が開けられないと困る人間ばかりです。そろそろ、金庫を開ける業者が呼ばれるんじゃないかな」

「問題の日和田建設社長はどうかな？　彼には捜し出して廃棄したい代物《しろもの》だろう」

「それはそうでしょうけど、彼の敵対者が鵜《う》の目鷹《たか》の目《め》、彼とその一派を見張っていますからね。うやむやにしたいものがあるにしても、そんな状況で身動きは取れないでしょう」

「ふむ。金庫に関してのメモがあるとするなら、その書斎の中。誰も持ち出していない。にもかかわらず、見つからない」

「はい。こうなったら、書斎の外に捜索範囲を広げるしかなさそうです。でも、ぼくはそこにタッチできない」

するといきなり、矢上教授は運転席に声をかけた。

「ところで、問題の二七日法要のあった日は、先週の水曜日ですな、殺人の前日となると。その日に由香里さんの息子さんは保育園に行きましたか」

いきなり脈絡のない話を振られて、由香里さんはちょっととまどったようだが、すぐにうなずいた。

「はい。先週は一度も休みなく行っています」

「では、卯津貴さんのお嬢さんも保育園に行っていたかどうかはご存じではありませんかな」

由香里さんは、今度はしばらく考えた。

「はっきりしたことは、私にはわかりませんけど……。それこそ、卯津貴さんに聞いてみましょうか」

由香里さんは路肩に車を停《と》め、携帯電話を取り出した。

「もしもし、卯津貴さん、今ちょっとお話ししていてもいい？　……え？」

そこで由香里さんはあわてたように携帯電話を押さえ、こちらに向かってささやいた。

「竹浦さんの家に、警察が来ているそうです。龍さんから、まだ連絡はありませんかと」

龍さんの顔がこわばる。由香里さんは電話に向き直った。

「それでね、卯津貴さん、知りたいのは、先週水曜日に菜摘ちゃんが保育園に行ったかどうかなんだけど……。ああ、先週は一度もお休みしてないのね」

そこで由香里さんは電話を切った。

「聞いてのとおりです。でもこのことが、どう関係してくるんです？」

「卯津貴さんのお嬢さん——菜摘さんですか——、その子が故会長の通夜と葬儀に出席していたのではないかという推測を持っているのですが、そのことはご存じではありませんか」

すぐに龍さんが答えた。

「ああ、そんなことを父が言っていました。何と言っても、竹浦の人間で、故会長と血がつながっている唯一の人間が彼女ですからね。父と母が菜摘を連れて行ったそうです。卯津貴さんは、入院中で無理でしたが。でも、それが何か？」

由香里さんが興奮して声を上げた。

「菜摘ちゃんは通夜と葬儀には出たけれど、その日に保育園に行っていたから、二七日法要には行っていない。つまり、金庫の開け方が問題になってから今まで、おじいちゃまの書斎から何か持ち出さなかったか、そんなことを聞かれてもいないないじゃない！」

「え？　だって菜摘は、たった五歳ですよ？」

「たった五歳だから、通夜葬儀の時に、それと知らずに、故会長の書斎から何かを持ち出したかもしれないいんじゃない？　悪気があったわけではなく。おじいちゃまの慣れ親しんだものを、何か……」

龍さんが決然として言った。

「由香里さん、すみませんが、ぼくを竹浦の家まで送ってくれませんか？　ぼくは今、ツーリングから戻って来たことにしますから。父と卯津貴さんに立ち会ってもらって、菜摘に聞いてみないと。警察がいてもかまわない。いや、警察がいるなら、なおさら結構です」

菜摘ちゃんが持ち出していたのは、おじいちゃまがいつもかぶっていた帽子だった。咲が、卯塚を見せてもらっていた時に見た、パナマ帽。

その裏のリボンの折り返しから、故会長のメモが見つかり、無事に金庫は開けられた。そして覚書の中の、合併推進運動に関わった人間のリストを見せられた流田千鶴は、一人の名前を指さした。

流田健一の小学校以来の幼馴染《おさななじみ》で、K市議会議員。任意同行に応じた議員は、まもなく犯行を自供し始めた。

──妻の千鶴は今日いないから、ゆっくり、昔みたいに酒を酌《く》み交《か》わしながら話したい。仕事で会社に泊まりこむつもりだったが、それは来週でもいいから、予定を変更するよ。お前も好きだったビーフィーターを買っておくよ。最近、千鶴はぼくが酒を飲むことにうるさいけど、今夜は好都合だ。

流田健一は、そう言って彼を自宅に誘ったのだそうだ。

流田健一が、酔うと、とりとめもなく自分の知識をひけらかすのを、彼はよく知っていた。こぶし野合併の道具に使えるなら、何でも使うつもりだった。

それを、今になって怪文書などに関わっていると言いふらされたら、政治生命が終わる。折悪しく、今年の秋には市議選があるのだ。こぶし野との合併推進派であった彼には、それでなくても合併工作が失敗に終わったことについて厳しい目が向けられており、二期目が危ぶまれていた。いくら昔のよしみだ、水に流そうと流田健一が言ったところで、アルコールに負ける人間の言うことなど、あてにできるわけがない……。

それが犯行の動機だった。


翌日。咲はこぶし野滞在をさらに一日延ばすことにした。矢上教授が竹浦家でフィールドワークをすると言ったからだ。

当主と龍さんは、並んで矢上教授に頭を下げた。

「おかげさまで、龍は巻きこまれずにすみました」

「それに、千鶴さんも」

龍さんはそう言って、顔を赤くした。

千鶴さんと龍さんがこれからどうするかは、二人で考えればいい。

「矢上さんには、どうお礼を申し上げればいいか……」

すると矢上教授は、膝を進めてきた。

「それでは、ひとつ、お願いをしていいですかな」

「私どもでできることでしたら、なんなりと」

「こちらの御牧からフィールドワークの結果を聞きまして、こぶし野の始祖の多気浦家、とりわけ『虎』と呼ばれる人物に興味を持ちましてな。この家にのみ伝わっている伝承を、教えていただけないでしょうか」

「ほほう」

嘉広さんは、目をぱちくりさせている。

矢上教授の横にいる咲は、教授の表情を見て、気づいた。

——これだ。この伝承を知りたくて、教授はこぶし野にやって来たのだ。嘉広さんの懐に入るために、目黒のマンションの殺人事件解決にも、手を貸したのだ。

教授の好奇心は、まだまだ衰《おとろ》えていないらしい。

「お尋ねとあれば、別に隠すことでもないですな。ただ、世間には広めたくない話なのですが……」

「ご安心を。私は、自分の好奇心が満たされればよいのです。発表しようなどとは思っておりません。それは、ここにいる御牧も同じです」

嘉広さんに視線を向けられ、咲も発言する。

「私の疑問の出発点は、なぜ、始祖の『虎』と同様に『卯の方』も祀られているかでした」

「なるほど」

嘉広さんはそう言ってから、何か思い出したようだ。

「だから、あなたも『卯塚』に興味を持たれていたのですな」

「はい」

当主はゆったりとした表情になって話し始めた。

「『虎』が、実は世間で言われているほど勇猛果敢《ゆうもうかかん》な人物ではなかったというのは、この家では定説になっておりますよ。だってそうでしょう。形勢逆転を狙って敵本陣へ切りこむなら、女装して妻と一緒に城館を抜け出す必要がどこにあります？　どう考えても、あれは逃避行ですよ。『虎』は『卯の方』と一緒に敵陣とは正反対の方角、『卯の方』の実家の武藤氏の領地へ落ち延びようとしたんでしょう。ですが途中で敵兵に見つかり、『卯の方』が落命。破れかぶれになった『虎』はこのまま犬死《いぬじに》するよりもと身をひるがえして敵陣に一人斬《き》りこみ、運よく奇襲に成功した。これが武功の真相だろうと、この家では語り継がれておりますよ」

咲は、わくわくしながらその話を聞いていた。これは、咲の推論、ほとんどそのままではないか。

「ですが、『虎』が実は英雄ではなかったという話など、あまりありがたい話ではないですからな。いつしか『虎』の奇襲は伝説になった。それはそれでいいではないか。とこの家の者は思ってきたわけです」

「だからこそ、『卯の方』も大事に祀ってきたわけですね」

咲がそう尋ねると、ご当主はうなずく。

「そうです。何と言っても武藤氏は近隣の同盟者、そちらの栄誉もたたえておいて損はないですからな。『卯の方』の功も語り継ぎ、ともに乱世を生き延びようとしたのは正しいでしょう……。

ただし、結局どちらも生き残れはしませんでしたが」

「ほう。と言うと?」

「ご存じのように、こぶし野を支配していたわが家は、徳川の世に大名となることを許されませんでした」

嘉広さんは険しい顔でそう言った。

「こぶし野は騙されたのですよ、徳川に」

それから、竹浦家当主はゆっくりと語り出した。

「騙されて、城主の座を奪われたのです」

矢上教授は真剣な表情で聞き入っている。

「話は、戦国時代の末にさかのぼります。多気浦の城主は八代目嘉久、体の弱い上に城館が焼失したりと不運続きの人物でした。相模北条氏《さがみほうじょう》の滅亡後、関東の小領主たちは徳川の勢力に組みこまれていきつつも、なおもコップの中のような小競り合いは続けていました。ことに多気浦は、国境を接している宿命で、武藤氏とは手を組んだり争ったりを繰り返していましたが、嘉久の代は争っていました。そして徳川の仲裁《ちゆうさい》が入った。武藤氏に有利な形でね。嫡子《ちやくし》の嘉氏《よしうじ》は武藤家に人質に出された。武藤家、つまり例の『卯の方』の実家ですね。そして武藤家の娘と婚姻関係を結んでしまった。嘉氏は武藤家の婿《むこ》となったのです。ただし、多気浦にもそれなりの配慮はされていた。この縁組から生まれた男子を一人、多気浦を名乗らせてこぶし野の領地を安堵する。これで徳川としては、双方に遺恨《いこん》を残さない決着をつけたということです」

なるほど、それだけならかなり寛容《かんよう》な裁きに思える。

「その直後、大坂《おおさか》の陣が起こりました。そして嘉氏は当然徳川方に駆り出され、戦死しました」

「跡継ぎの件は……」

「ちゃんと子はいたのですよ。ですが、将軍家へのお目見えがすんでいなかった。そして嫡子と認めずという沙汰《さた》が下り、結局多気浦、武藤、両氏の領地は徳川に召し上げられ、西側の現K市の市域と合わせて幕府の天領とされました。こぶし野の地にも代官が送りこまれ、多気浦は竹浦と名を変えて、名字帯刀を許された名主《なぬし》の地位を与えられました」

当主は膝に置いた手を握りしめた。

「つまりは体《てい》よく、支配者から追い落とされたのです。もちろん、大名になることなど、夢のまた夢。この地は東海道に近く、要衝《ようしょう》となりえますからな。幕府としては大名領にすることなく、直轄地として押さえておきたかったのです」

「なるほど。徳川らしい巧妙さだ」

矢上教授がうなる。

「こぶし野は、江戸の世をじっと耐えましたよ。明治になると息を吹き返し、小なりといえども生産手段を確保して、自治を獲得しました。それが今のこぶし野です」

「なるほど」

矢上教授はもう一度うなった。

「そのような経緯があったのなら、市町合併などとんでもない話ですな」

「もちろんですとも。ようやく徳川からの脱却を果たしたというのに、またしても組みこまれるようなことは断固、阻止《そし》しました。卯津貴には気の毒なこともありましたが」

少し声を落としたのち、当主は力強く続けた。

「ですが、こぶし野は、こぶし野のまま生き続ける。それがこの家の家訓です」

第八話

空《くう》隙《げき》としての丑《うし》の方《かた》

目黒区のマンション殺人事件は、こうして解決された。

矢上教授はこぶし野に一泊して——忠雄さんと、日本の古民家の構造について酒を酌み交わしながら夜遅くまで盛り上がり——、翌朝、満足そうに帰っていった。

好奇心も充分満たされたらしい。

咲も、今度こそ家に帰ることに決めて、長逗留した部屋で荷物をせっせとまとめていた。今夜は、殺人事件のおかげでついのびのびになってしまった咲のお別れパーティーをするのだと、育子さんが台所で奮闘している。翔君も、夏休みに買ってもらったままやりそこなっていた花火をしたいと、楽しみにしている。

なべて世は、こともなし。

……と思っていたのだが、翔君のリクエストで一緒にケーキを買いに行った先で、咲はまた不穏な噂に出くわした。

「ねえ、日和田建設の次男さん殺したの、結局K市の議員だったんでしょう？　だけどその議員、日和田建設の今の社長といつも結託してなかった?」

「そうそう。あの会社、前の社長が亡くなって今の赤兄社長になった途端、ずいぶんあくどくなったって。下請《したう》け泣かせることも増えたって評判悪いのよねえ」

「あそこも、もとはいい会社だったんだけどねえ。会社を作った亡き会長が衰え始めて、前社長だった長男さんが亡くなって。それ以来よねえ、すっかり様変《さまが》わりしちゃって」

育子さん推薦《すいせん》のケーキ屋の店頭だ。翔君がショーケースに貼りつくようにしてケーキを品定めしている間、咲は耳をそばだてて、そんな噂に聞き入ってしまう。

噂をしているのは、三人のおばさんたちだ。もう買い物は終わっているのに、いつまでも動こうとしない。お店の側も、露骨に追い立てるわけにはいかないのだろう。三人とも、ケーキの大きな箱をかかえているところを見ると、お得意さんなのだろうし。

おばさんたちのおしゃべりは、尽きることがない。

「ねえ、前社長が事故死した時、なぜ今回亡くなった次男さんが会社を継がなかったの? お父さんとお兄さんが守れなくなったんだから、自分が社長になるって名乗り出ればいいじゃない」

「そっちにはそっちの事情があったんでしょうよ。次男さんだって立派な会社にお勤めしていたし、いいところのお嬢さんの家に婿入りしたわけだし」

「でも、日和田家で頼りになる人はもうその次男さんだけだったのよねえ。……あら、私今、変なこと考えちゃった」

「何？」

「ひょっとしたら、次男さん、会社を継ごうとしたんじゃないの？　でも、日和田建設的には実績が何もないわけでしょ。やり手の現社長が許すわけもないし。ね、そこへ今度の殺人……」

話がきな臭い方向へ転がってきた。

「あらやだ、私、もっと変なこと考えちゃった。ね、殺人の動機ってそれじゃない？　次男さんが邪魔だった。次男さんさえいなければ、今の地位は安泰だから」

「それって、あの犯人が考えることかしら？」

そこで声が小さくなった。しかし、咲にはしっかりと聞き取れてしまった。

「……だから、あの議員が主犯じゃないのかも」

「お姉ちゃん、イチゴのケーキとチョコレートのと、どっち買っていい？」

平和な翔君の声に、咲は我に返る。

「どっちも買っていいよ、翔君」

「ほんと？」

「うん、だから早く買って帰ろうね。おじいちゃんとおばあちゃんが、待ってるからね」

そう、早くこの店を出よう。

きな臭い話を、これ以上、翔君の耳に入れないほうがいい。たとえ、翔君には理解できないとしても。

しかし考えてみれば、さっきの噂は、誰もが思いつきそうな、当然の帰結にすぎないのかもしれない。

一人の男が興した日和田建設という会社。やがて男は会長職に就《つ》き、長男が社長になった。次男はその会社で働くのではなく、関連の大手企業に就職し、流田家に婿入りして、側面から実家の援護に回る。親子三人でよく考えた布陣だったとも言える。

しかしその後、会長の病気と長男の不慮《ふりょ》の死で会社は弱体化した。不運続きの家系と言えるかもしれない。その後、日和田建設の実務を担《にな》っていた一族外の副社長が社長に就任して会社を存続させる。

だがそうなると、現社長と、社外にいるものの、一族としての発言権を確保している次男との関係は、どうなるだろう。

良好かもしれないが、軋轢《あつれき》が生まれてもおかしくない。

そして、現社長が、会長の死を機に、とんでもない方法で一気に解決を図ろうとしたら。

何年も前に落着した合併話と怪文書騒ぎが、なぜこんな時に蒸し返され、次男流田健一さんの死につながってしまったのか、その本当の答えはここに隠されているのではないか。今になって、事態が一気に動くきっかけができてしまったのだ。

きっかけはもちろん、会長の死だ。

流田健一の死は、怪文書の実行犯であることを知られたくない市議によるもの。表面上はそうであっても、裏に、日和田建設の現社長は関わっていないのか。

——怪文書との関係が明るみに出たら、あなたの政治生命は危《あや》うくないですか?

そんなふうに市議をそそのかすなりほのめかすなり、誘導した可能性はないか。

そこまで考えたところで、咲は自分にストップをかける。

変な方向に先走っている、絶対。

そう打ち消すそばから、いや、本当にそれが真相かもしれないとの思いが湧き上がってくる。

一方で、咲などが憶測することでもないとの自戒の念も湧く。

大丈夫だ、巷《ちまた》の素人や咲が思いつくくらいのことを、警察が考えないはずがない。何しろ向こうは確固とした捜査権と優秀な組織力を誇る、その道のプロ中のプロなのだ。

うん、何かまだ裏があるなら、きっと警察が解明してくれる。

でも、ここに矢上教授がいてくれたら。そう思わずにはいられない。

考えることに疲れた咲は、気分転換に、体を使うことにした。

単に体を動かすだけではない、種田家のためになる運動。そう、大掃除だ。

そこで咲はバケツをぶらさげ、家中の雑巾《ぞうきん》がけを始めた。種田家は築年数を重ねた日本家屋なので、板敷きや畳敷きの部屋がたくさんあるのだ。

きつく絞った雑巾で、年季が入ってつやつやしている板の間や、懐かしい匂いの畳を拭き上げながら、この家で過ごした時間を思い返してみる。

大学のキャンパスで過ごすのとは違った、地域密着の時間だった。ひとつの土地の歴史を掘り起こすのも楽しかったし、忠雄さんや育子さんはじめ、いい人たちとの時間だった。

由香里さんみたいにバイタリティある女性って、いいな。自分もあんな大人になりたい。それから、由香里さんとは少しタイプが違うけど、これまた魅力的な卯津貴さん。さすが旧家のご令嬢、しとやかで、でも芯《しん》が強そうで。

旧家と言っても、恵まれているばかりではない身の上だけど。お母さんはこの世の人ではないし、継母さんはちょっと癖《くせ》のある人みたいだし、何より、結婚数年で夫に死なれてしまった。父の会社を継いでいた前途有望な夫がいて、かわいい娘も生まれて。数年前までは、そんな、人がうらやむような境遇だったのに。

卯津貴さんの結婚について、育子さんは、恋愛結婚ではない、ある種の政略結婚という口ぶりだったけど、だからと言って夫に死なれたショックや悲しみはとんでもないものだったと思う。

ましてや、その死は自動車事故という、本当に降って湧いたような突然の凶事によるものなのだから。

卯津貴さんだって、その時はどうして夫が死ななければならないのか、答えの出ない問いを繰り返したことだろう。

――卯津貴さんのご主人、どうして死ななければならなかったのか。

そこで唐突に、咲は雑巾がけの手を止めた。

たった今、とんでもない疑問を思いついてしまった。

ある人間が、どうして死ななければならなかったのか。

普通なら、これは純粋に形而上《けいじじょう》的な問いかけにすぎない。ただし、例外はある。

何者かの明確な意図によって、命を絶たれた場合だ。

「え？　私、何を考えてるんだ？」

咲は声に出してみた。笑おうとした。

しかし、笑えない。

ついさっき、考えていたではないか。

日和田建設は、会長の病気とその長男である社長の不慮の死により弱体化したと。不運続きの家系だと。

しかし、それが単なる不運でなかったとしたら？

社長さえ健在だったら、一族で会社の経営は守れたはずなのだ。社長であった日和田創さえ死ななければ。

咲は雑巾を急いで片づけた。まとめかけていた自分の荷物の中から、パソコンを出す。たんなる暴走した空想かもしれない。でも、調べたいことができてしまった。

まだ若い、健康だったある社長の突然の死。その死は、後を襲って就任した新社長にとって都合がよすぎないか？　折しも、その地域一帯には市町合併話が生まれかけていて、しかも死んだ社長の妻は、一方の自治体の、合併の行方を左右するほどの名家の出。一方会社そのものにとっては、この合併はビジネスチャンスだった。

もしや……、もしや、この「都合のいい状況」を作るために、当時の副社長が、合併工作以外にも暗躍していたとしたら、どうだろう？

咲が抱いた疑念は、はっきり言ってしまえば、当時の副社長が創さんの死に関係していないかということだ。創さんさえ生きていれば、日和田建設の実権は今でも創さんが握っているはずではないか。

その創さんは、自動車事故で亡くなった。事故なら、工作しやすい気がする。たとえば車に工作するとか、何かの薬を運転前に飲ませるとか。

竹浦家と日和田家をめぐる時系列がごっちゃになってきた咲は、ふと思いついて年表を作ってみた。細かい年代については、携帯電話を片手に、由香里さんと龍さんに確認しながら。

その結果は、こうなった。

四十二年前　日和田創、誕生。
三十九年前　日和田健一、誕生。

三十六年前　竹浦卯津貴、誕生。
二十九年前　卯津貴の母、死去。
二十八年前　竹浦家当主、美也子と再婚。龍、誕生。
十七年前　竹浦卯津貴、女子大に入学、家を出て一人暮らしを始める。
十年前　竹浦卯津貴、日和田創と結婚。
九年前　日和田健一、流田千鶴と結婚、流田姓となる。
五年前　春、竹浦龍、大学を卒業、コー・エステートの親会社に入社。冬、日和田菜摘誕生。
四年前　春頃から、K市内でこぶし野との合併話が急速に盛り上がる。秋、K市議選。
三年前　五月、日和田創事故死。六月、怪文書の存在がK市やこぶし野町でささやかれる。十月住民投票、こぶし野町は合併を拒否。

こうして年表にして、初めて気づいた。

日和田創さんの死と怪文書流布を含めた市町合併の盛り上がりは、ほぼ同時期の一、二年に起こっている。

これには何か意味があるのだろうか？

矢上教授がここにいたら、と、また思う。この疑念を直接ぶつけて、相談してみたい。

——でも、相談って言ったって、これこそ、何ひとつ証拠もないような暴論だものなあ。

咲はそんなことを思いながらもネットを検索し、次に立ち上がった。

こうなったら、もう一度図書館だ。


二時間後。咲は図書館から帰って来たところで、竹浦卯津貴さんと菜摘ちゃんに出くわした。種田家のすぐ近くの道である。

「いいところでお会いできました。今、種田さんのお宅へ伺うところだったんです。私、通院の帰りだったんですが、思いついてすぐそこでタクシーを降りまして。改めてお礼を申し上げようと思って」

卯津貴さんは、嬉《うれ》しそうにそう言った。

道の先に、もう種田家が見える場所だ。菜摘ちゃんはさっさと種田家の庭へ一人で入っていった。翔君が歓声を上げるのが、聞こえる。二人はそのまま種田家の庭で遊び始めたようだ。

いつのまにか、秋の虫が鳴き出している。

「このたびは、本当にありがとうございました」

卯津貴さんは、咲に、丁寧に礼を述べる。

「おかげさまで、健一さんを殺害した犯人を突き止めてもらえました。会長の覚書が見つからないままだったら、どうなったことか」

「いいえ、私なんか、何もしていません。謎を解いたのは矢上教授ですし、そもそも、金庫を開けるだけでしたら、開け方がわからなくても、業者を呼ぶところだったんでしょう」

「でも、おかげさまで劇的な結末になりましたから。龍が、会長のメモを見つけました！　これで金庫が開けられます！　そう叫びながら会長の家に入っていくところを、かなりの数の人に目撃されたんですから。しかも、警察の人を引き連れて」

卯津貴さんは愉快そうに言った。

「こぶし野の人やK市の市民も、これから日和田建設社長の動静に注目していくでしょう。疑いの目を持って」

卯津貴さんの目が、きらりと光る。

「あの方、うまく対処できるかしら」

卯津貴さんは、楚々《そそ》とした女性である。しかし、今の目つきは、はっきり言ってこわかった。

しかも、その声音《こわね》も、実に意味ありげだった。意味ありげだと思ったのは、咲の側にある予断ができてしまったためかもしれないが、それでも……。

「御牧さん、矢上教授はまだこぶし野にいらっしゃるんですか？」

「いえ、今朝ほど東京に帰りました」

「そうですか……。教授にも、改めてお礼を申し上げたかったのですけれど」

咲は心を決めた。

「あの、卯津貴さん、少しお話ししてもいいですか」

「はい、どんなことでしょう」

ここで会えたのはラッキーだった。わざわざ竹浦家を訪ねるのでは大ごとになるし、種田家の中でも、忠雄さんや育子さんの前では言いにくい。

今なら、夕日に照らされた道に、二人きりである。

「あの、私、今、こぶし野町立図書館に行ってきた帰りなんです。調べたいことがあったけど、ネットだと情報が系統立っていなくて」

「調べたいことって?」

咲は思い切って口にした。

「見てきたのは、新聞縮刷版と、古い新聞の地方版です。卯津貴さんのご主人、日和田創さんの、自動車事故についての記事です」

卯津貴さんは、じっと咲を見つめる。黒目がちの、きれいな目だった。

「あの、お節介かもしれないけど、今さらだけど、どんな事故で亡くなったのか、知りたくなったんです。私は野次馬でしかないですが。深夜、K市のお宅へ帰る途中、こぶし野との市町境の山道から転落したんだそうですね。対向車もなし、目撃者もなし。転落から三時間くらい経って明るくなってきた頃、現場を通りかかったドライバーが、崖下《がけした》にある創さんの車を見かけ、通報して、車内で亡くなっていた創さんが発見された。現場はカーブが続く道で、ガードレールが押し曲げられた場所に、はっきりとブレーキ痕も残っていた。だから、カーブを曲がり損《そこ》ねた結果だろうと言われた」

　ハンドル操作を誤った不幸な事故と判断されたのだ。

「でも……、事故って、何か工作しようと思えばできないこともないでしょう。防犯カメラがついているような道ではない。ドライブレコーダーもまだ一般的ではない。つまり、事故当時の状況ははっきりわからない。記事には事故としか書かれていないから、車に仕掛けがされたとか何か運転前に飲まされていたとか、そんな、推理小説にあるようなことではなかったんでしょう。それでも、疑いは残ります。たとえば暗い山道、突然対向車が現われるとか、カーブで待ち構えていて強いライトを浴びせて創さんの目を一時的にくらませるとか……」

　卯津貴さんの表情を窺いながら、急いでつけたす。

「すみません、余計な憶測で語って、失礼だとしかられてもしかたありません。でも、そのせいで日和田建設の実権は日和田家の手から離れたし、新聞によるとその時期から日和田建設は明確に合併推進派に鞍替《くらが》えしたらしいし、だからなんだか……」

　卯津貴さんにどこまで話そうか、実は決心はついていなかった。さっき、日和田建設現社長について卯津貴さんが語った時の、冷たい目を見るまでは。

「創のことは、単なる事故。警察の見解に、私も納得しています」

　卯津貴さんの冷静な声に、咲は急いで頭を下げる。

「そうだったんですか。すみません、私、無責任に……」

咲の詫びの言葉にはかまわず、卯津貴さんは続ける。

「あの日、創は竹浦の家から帰る途中だったんです。こぶし野とK市の合併については、水面下では十年以上前から議論されてきました。私たちの結婚に、その件が関係していたのも事実です。当時は私も重要性がわかっていませんでした。ただ、こぶし野が合併なんてするはずがない、だから合併なんて実現するはずがない、すぐに消える話だ、そうとしか考えていませんでした。創にしても、何が何でも合併というスタンスではありませんでしたし、私の意思を聞いて徐々に反対派に近づいていきました。結果として、日和田建設が内部分裂しそうになり、創はずいぶん苦労していました」

「そうだったんですか……」

「だから創は、私の父に、何度も相談を持ちかけたり、こぶし野側の感触を探ったりしていました。そのために、あの道を毎日のように往復していたんです。私も突然の死が信じられず、何が原因かと警察に食い下がって、何度も説明を求めました。でも、不審な点は何も見つからなかったんです。創が不自然な薬を飲んでいたり、自動車にあやしげな仕掛けをされたりしていた痕跡はない。当時現場近くを走行していたほかの車も見つからない。何より、あの頃の創は不眠不休で働いていました。だから、疲労によるハンドル誤操作か、居眠り運転の結果ブレーキを踏むのが遅れたのか、ということに落ち着いたんです。父も、ずいぶん悔やんでいました。あの晩別れる時、創はひどく疲れて見えた、朝までこの家で休んでいけと勧めたのに断わられた、あの時強引にでも自分が引き留めるべきだった。そう言って」

卯津貴さんの結婚はいいお家《いえ》同士の縁組で、恋愛結婚ではない。でも、だからと言って卯津貴さんにとって創さんが大事な人でなかったということにはならないのだ。卯津貴さんの声には、まぎれもなく、悲痛な響きがあふれている。

すみません、つらいことを思い出させてしまって。咲がそう謝ろうとした時だ。

「でも、私は、創は現社長に殺されたようなものだと思っています」

卯津貴さんが、ぴしりとそう言った。

そしてしばらく地面に目を落としていたが、やがて顔を上げた。

「創は当時の副社長派に、社内で突き上げられていました。市町合併は会社にとって大きなチャンスだ、妻の――つまり私の――家の影響力も使うべきだ、そんなこともしないなら、何のために結婚したのか。それでも創は推進派との妥協点《だきょうてん》を探るために、尽力していました。過労になっていたのは、明らかにそのせいです。でも、私には訴える手段がなかった。だから創の死後、怪文書の存在を知った時、これなら利用できると思ったんです」

「利用できる？」

「合併推進派が、いよいよ手詰まりになって無理な策を持ち出した。埴湧水の水質が何の問題もないことくらい、こぶし野の人間なら自明のことです。汚染源が何ひとつないんですから。でも、すぐに抑えこむのは得策ではない。だから、私はこぶし野で、怪文書をむしろ広めました」

「広めたんですか?」

「はい。竹浦に出入りする人たちをしかるべく使えば、わけないことです」

卯津貴さんはさらりと言う。

「案《あん》の定《じよう》、こぶし野の人たちは激昂《げつこう》しました。それまでは態度を保留していた人たちも、一気に反対派に回りました。あの文書をたくらんだ人間は、愚《おろ》かですね。人は、自分が大切に思うものをけなされたら、反発するものです。合理的な批判ならともかく、理不尽な貶《おとし》めに屈服したりしません。怪文書は、その点を見誤った愚策でした」

咲は、なんだか、経営会議で上司に戦略方針を聞いている部下のような気分になってきた。

「怪文書の出どころがあの市議であり、裏で現社長が関わっていることも察しはついていました。なかなか尻尾をつかませてくれませんでしたけどね。それに、合併話さえつぶしてしまえば、当面の私の目的は果たせます。だからそれ以上の追及はしませんでした」

そこで、卯津貴さんの口調に苦いものが加わった。

「まさか、あの件に健一さんが、自分でも自覚のないままに関わっていたなんて。そして、会長の死がきっかけで、そのことを確信してしまうなんて……。本当に、お気の毒なことをしてしまいました。健一さんは、日和田建設の社長の座に、野心なんか持っていなかったんですよ。妙に勘繰る人が多くて、困っているんですけど」

たしかに「勘繰る人」がそこここにいそうだ。ケーキ屋の店先にさえいるくらいなのだから。

「健一さんは、ちょっと経営に向かない人でしたからね。ちゃんと悪い習慣を改めて、ご自分の家庭を幸せに守って、少し離れたポジションにいてくだされぱいいと思っていたんですけど」

卯津貴さんの口調は、ますます指揮官のようだ。

「……これから、日和田建設はどうするんですか?」

「どうしたものでしょうね」

不思議だ。卯津貴さんが発すると、この言葉の持つ、思いあぐねたようなニュアンスが一切感じられない。

伝わってくるのは、指揮官としての余裕だ。

「現社長はどこまで把握しているのかしら、日和田建設の株の動きを。創の持ち株は、菜摘の相続分も買い取る形にしましたので、私がすべて保有しています。会長の株は、代襲相続者として菜摘が二分の一。残り二分の一は健一さんからそっくり妻の千鶴さんに行くのでしょうね」

卯津貴さんはにっこり笑った。

「私、千鶴さんとも親しくしていただいているんですの」

笑顔がこわい。その笑顔のまま、卯津貴さんは続ける。

「私、ようやく歩けるようになってよかったわ。これから忙しくなるかもしれませんから」

咲は、恐れ入って聞くしかない。

「すっかり長話をしてしまいましたね。さあ、種田さんのお宅に行きましょうか」

「あ、あの、卯津貴さん、こぶし野のことで、もう少しお伺いしたいんですが」

咲は卯津貴さんと並んで、ゆっくり歩きながら言った。

「どんなことでしょう」

「私がそもそもこぶし野に来たのは、こぶし野の神社群に興味を抱いたからなんです。十一の方角を守る十一の神社。でも、丑の神社だけが残っていませんよね。どうしてなんでしょう」

最初から、竹浦家に聞くべき質問だったか。今になって、咲はそう思う。

それとも、どんな資料を見てもその点に触れているものはなかったくらいだから、いくら竹浦卯津貴さんでも、明確な答えは持っていないだろうか……。

ところが、卯津貴さんはあっさりとこう言った。

「ああ、それは、ただ出口を作っただけだと思いますよ」

「出口？」

「ええ」

卯津貴さんは、少し先に流れている桂川を指さした。

「水の流れには、出口がなければならない。必要だったら、堰や水門も作って。それと同じだと思いますよ。流れこむモノがあるなら、出口も必要ですから」

「流れこむモノって、何ですか？」

卯津貴さんの答えは謎めいていた。

「そうですね。たとえば、サイホウさんが食い止めようとして、食い止めきれずに流入を許してしまったモノ、とか」

どういうことです、なおも問い返そうとした時、菜摘ちゃんが走ってきた。

「ママ！　翔君が、花火やろうって！」

「あらあら、私たちまでお邪魔してもいいのかしら」

卯津貴さんは、母親の顔になってわが子の頭をなでる。

「それにしても、子どもって不思議な役割をしますすね。今回のことも、菜摘がおじいちゃまの金庫を開けるキーを自分でも知らずに持っていたなんて。子どもって、馬鹿にできないですわねえ？　そもそも、子どもがいなければ未来にはつながらないんですもの」

「ええ、そうですね」

何気なく、そう答えた時だ。

突然、咲の頭に、ひとつの考えがひらめいた。

咲はその場に棒立ちになった。

「お姉ちゃん？　どうしたの？」

菜摘ちゃんのあとから走ってきた翔君が、不思議そうに尋ねる。

だが、咲は、それに答えるどころではなかった。

やっとわかった気がする。

咲が送った、「虎」と「卯の方」伝説の真相について、なぜ矢上教授が感想を寄こさなかったのかが。教授は咲がまだ考察の途中であり、自分が評価を下す段階にはないと判断したのだ。あるいは、咲がそこで考察をやめようとしていたのを汲《く》み取り、これでは足りないと示唆したのか。

引き留められた卯津貴さんと菜摘ちゃんとも一緒に食卓を囲む間も、咲の考察はすごいスピードで進んでいった。

「卯の方」とともに「虎」が脱出した。その途上で「卯の方」が命を落とし、「卯の方」の実家を頼るわけにいかなくなった「虎」は、一縷《いちる》の望みをかけて敵の本陣へ斬りこみ、逆転勝利を収めた……。

この間まとめた咲の仮説は、たしかにありえそうである。

だが、そこには決定的なある要因が欠けている。

——子どもがいなければ未来にはつながらないんですもの。

そう、この世は、えてして成人男女が動かすものと思われがちだが、頼りないもの、よるべないものとみなされる子どもだって、大きな役割をする。

咲は『こぶし野の歴史』の中にあった多気浦氏の系図を思い浮かべながら、なおも考える。

多気浦氏初代「虎」から実線でつながる二代目嘉国、さらに三代目に当たる二人の息子。以後も、多気浦氏の男たちは無事に家を継いでいった。

「虎」の末裔《まつえい》の嘉広さんが語ってくれたように、城を失って徳川の世になり、謀略によって支配者の地位から追い落とされたにもかかわらず。

結局、五百年以上の長きにわたって、その家は脈々と受け継がれてきた。

支配者でなくなった江戸時代もたくましく生き延び、こぶし野の危機ともいえる市町合併もはねのけ、現在に至っている。

嘉広さんの誇りに満ちた口ぶりは、我こそが「虎」の血を受け継ぐ者という自負に支えられていた。

だが一方で、同じく見過ごしてはならない事実がある。

初代「虎」は嫁いだばかりの「卯の方」を、奇襲の際に失ったということだ。

では、多気浦氏の二代目嘉国は、どうやってこの世に生まれることができたのだろう?

記録に残っていないからといって、事実そのものがなかったことにはならない。語られない事実として、「虎」と「卯の方」の間につつがなく嫡子が誕生していたのかもしれない。初代「虎」の婚姻の時期と二代目の誕生の時期がどちらも未詳なのだから、その可能性は否定できない。

だが、だとすると、「卯の方」は赤子を城館に残して「虎」と二人だけで脱出を図ったという、少々ありえない論が導き出されてしまう。

戦乱の世の女性がたくましい精神の持ち主だとしても、生まれたばかりのわが子を置いて自分だけが助かろうと思うだろうか。

それでは、「卯の方」が「虎」とともに城館を抜け出したのは、やはり隣国へ落ち延びるためではない、奇襲がそもそもの目的だったという説を再検討してみようか。大事なわが子は安全な城館の中に、守り手と一緒に残しておいて。

しかし、この仮説には大きな欠陥《けっかん》があると、咲はあれだけ綿密に考察したではないか。「虎」の城館と敵本陣の位置関係から判断して、丸腰同然で敵本陣への奇襲は不可能だと。

そして、咲の脳内には今、別の仮説が浮かんでいる。

二代目の嘉国が、「卯の方」の子どもではなかったとしたら、どうだろう。

むしろこちらのほうが、結婚の直後に赤子が誕生したというよりも、可能性は高くないか。何も珍しいことではない。正式の婚姻の前に、「虎」の傍らにはすでに「卯の方」以外の女性がいたとしたら。その女性が、「卯の方」との婚姻の前にすでに男子を産んでいたとしたら。

咲には、この仮説のほうがずっとありうるように思える。そしてこの仮説を推し進めるなら、「虎」と「卯の方」が城館を抜け出した時、「虎」の子はすでに脱出していたのではないか。「卯の方」の実家がある東方ではなく、まったく別の方角へ。

そうした時代では、戦闘能力のない大事な後継ぎこそ、当主より優先的に無事を確保されるのが常識だ。当主が討たれても、血と家を残すために。そう、当主と嫡子は別行動を取る。どちらか一方が生き延びれば家は存続するから、父子が一緒にいて一緒に命を落とすリスクを冒す愚策は避けられる。

自分が産んでいない男子に、「卯の方」は別段感情も持っていなかったかもしれない。

だが、自分の横にいる「虎」についてはどうだろう。咲の考察が正しいなら、「虎」は「卯の方」の実家の勢力にすがって再起を図ろうとしていたのだ。こぶし野の地をいったんは捨てても、命永らえてもう一度兵をまとめられれば、また道は開けると。その暁《あかつき》には、一度別れた男子とも、必ず会えるはずだと。

そんな「虎」が、「卯の方」の目にはどう映っていただろう。

戦国時代まで、婚姻は絶対的に強い絆《きずな》というわけではなかった。便宜的な政略結婚は、双方の利害がずれたら、離別もありうる。女が生涯実家との絆を大事にしていた時代だ。だからこそ、その時代を終わらせた家康には、「二夫にまみえず」という倫理観——それまでにはない結婚観——をわざわざ打ち立てる必要があったのだ。

「虎」さえいなければ、「卯の方」は無事に実家に帰れる。むしろ、道中、残党狩りや敵の斥候《せっこう》に見つかる危険性を回避するためには、「虎」と別れたほうが安全なのだ。そして寡婦《かふ》となれば、「卯の方」には新たな道が開ける。再婚も可能なのだ。

夜道で「虎」の行く手を阻《はば》んだのは敵の斥候でも武装した農民でもなく、「卯の方」の実家、武藤氏の兵ではなかったのか。「卯の方」に言い含められ、「虎」の命を狙う軍勢。そうした「卯の方」のたくらみに気づいた「虎」は妻を手にかけ、妻の手下を蹴散《けち》らし、武具と馬を奪って身をひるがえして西にある敵陣を目指した……。

これまた、ひとつの仮説にすぎない。だがこの仮説はあの晩の「虎」の行動と、新妻を失くして生涯他の妻をめとらなかった「虎」が子孫を遺《のこ》すことができた、その二つを成立させる。

我に返れば、咲がいるのは、和やかな食卓だ。その食卓の向こう側では、卯津貴さんがかたわらの菜摘ちゃんに優しそうな笑顔を向けている。

卯津貴さんは、こぶし野のために犠牲となった卯の方と同じ字を持っている。でも、子どもである菜摘ちゃんも足がかりに、日和田建設への攻略も画策している。多気浦氏二代目当主の母が、そうしたかもしれないように。

多気浦の女たちは、始祖の時代から現代まで、とてもしたたかなのかもしれないと。


結局卯津貴さんと菜摘ちゃんは、夕食の後の花火まで引き留められることになった。

そして、忠雄さんがそれぞれの家へ送るために二人と翔君を一緒に車に乗せて出発すると、家の中は急に静かになる。

「やれやれ、咲ちゃんもありがとう。ゆっくり休んでね」

子どもたちが花火で盛り上がる間に、卯津貴さんは手早く台所の洗いものまで手伝ってくれていた。おかげで今、種田家の中はさっぱりと片づいている。

お風呂が沸《わ》いたら声をかけるからね、育子さんのその声を背に、咲は階段を上がり、荷物をまとめかけていたキャリーケースから、またレポートの資料を出した。

さっき卯津貴さんが言った、「出口」という言葉の意味を考えてみよう。

こぶし野の資料ファイルから、地図を取り出す。

数百年の間、声高《こわだか》に自己を主張することなくこぶし野を守り続けてきた、十一の神社。こぶし野の薬師如来を守る機能でありながら、いつのまにか御本尊よりも大きな存在となっていった神社群。街道筋にある道祖神《どうそじん》などと同じような役割を任されてきたのだ。

その神社群を結ぶ、ややいびつな円形の道の中にこぶし野はある。

西の方角から災厄《さいやく》がやって来る。人の形をした敵だけではない。伝染病も、人の往来の激しい西から来るとの認識だっただろう。偏西風《へんせいふう》に運ばれて来る台風も。

神社群に守ってもらっても、薬師如来におすがりしても、災厄をすべて防ぐことはできない。入って来てしまった災厄を、どうしたらいいか。

現実としては、なすすべもなく災厄が消滅するのを待っている以外に、どうしようもない時代が長かったはずだ。でも、心のよりどころがほしくて神や神社を作り出す人間の心理は、災厄の処理についても何か考え出すはずだ。

「来たモノ」は「どこかへ去るモノ」でもある。卯津貴さんの言う、水の流れと同じように。

流れこむモノがあるなら、出口も必要ですから。

自分のところにいつまでもいてほしくない、早く出ていってもらいたい、災厄なのだから。

だから、丑の神社はあえて破壊した。

卯津貴さんの言葉は、そう解釈すべきではないのか。

こぶし野から丑の方角へ、災厄は、悪いモノは出ていく。こぶし野の人間は、ある時期、自分たちの地を守るために十二の神社を作り、その神社群が守り切れずにこぶし野への流入を許してしまったモノについては、あえて丑の方角を開けて出ていかせることにしたのだ。

そして、丑の方角へというところに、咲は明らかな意図を感じる。

なぜなら。

こぶし野から丑の方角には、こぶし野が恨《うら》みをぶつけて当然の存在——こぶし野を多気浦氏が支配する国という位置づけから追い落とし、自分たちの直轄領に組みこんだ存在——があるのだ。

徳川の総本家。その権力の象徴。

旧江戸城である。

エピローグ　午《うま》の方《かた》にある駅で

咲は、クラクションを鳴らしながら遠ざかる忠雄さんの車に手を振って、来た時と同じようにキャリーケースを引っ張りながら、歩き出した。今回はエレベーターを使おう。こぶし野駅の構造も、ちゃんと頭に入っているから。

あの日、ここで美也子さんを見かけ、あの不思議な言葉を聞いたのだった。

今駅へ来る途中、十一の神社をめぐる道を横切った。信号を備えた交差点とはいえ、それほどの交通量があるわけではない。忠雄さんと咲を乗せた車は、あっという間にその交差点を過ぎた。

過ぎた瞬間、ふっと体が軽くなったような気がしたのは――まるでこぶし野の磁力から逃《のが》れたかのような気がしたのは――、きっと咲の思い過ごしだろう。

今朝の新聞では、流田健一の殺害に関連して、日和田建設に家宅捜索が入ったことを報じていた。単に、怪文書の件に関わってのことかもしれない。しかし、たたけば出るような埃を、日和田建設の現赤兄社長がかかえていたとしたら。

容赦《ようしゃ》ない卯津貴さんのまなざしが、目に浮かぶ。

エレベーターに向かって歩いていくと、あの時自分がうたた寝していたベンチに、一人の女性がバッグを置いて傍《かたわ》らに立っているのが目に入った。

その瞬間、咲はまた、あの時に引き戻されるような錯覚に襲われた。

その女性が、携帯電話を耳に当てて、何かしきりに話しこんでいるからだ。

もちろん、それは美也子さんではなかった。もっと若く、もっとすらりとして——そう遠慮なしに言ってしまえば——、もっと美しい。

着ているものは、黒のワンピース。だが、鎖骨《さこつ》をのぞかせている襟《えり》ぐりのカーブ、肩からすらりと伸びる白い腕を強調する袖、絶妙に体にまとわりつくわずかにフレアーが入った裾《すそ》、シンプルなデザインにもかかわらず、相当に高価そうな服に見える。

いや、着ているのがこれだけの美人だから、服まで高級そうに見えるのだろうか。

咲よりは年上だと思うが、まだ二十代かもしれない。色白で、鼻筋が通った小作りの顔は、つい見とれてしまうほどだ。エレベーターが降りてくるのを待ちながら、咲はつい、彼女をちらちらと観察してしまう。

彼女の声が耳に入ったのはそうしている時だった。

「……ええ、迎えに来てくださるとばかり思っていたのよ、龍さんが」

思わず耳をそばだててしまったのは、もちろん、「龍さん」という言葉のせいだ。咲のことなど気にも留めずに、彼女は話し続ける。

「ええ、ごめんなさい、そんなに龍さんを頼ってばかりいてはいけないのよね。ええ、これからは自分で何でも決めないと。でも、心細くて。昨日、葬儀が終わってから、あのマンションに一人でいるのは耐えられなくなって」

彼女の声はかぼそく、話しているうちに感情が高ぶってきているのがわかった。

咲はつい、扉の開いたエレベーターに背を向けて、ベンチに戻ってしまった。女性には目を向けず、ベンチに腰を下ろして、自分のキャリーケースを開け、いかにも捜し物をしていますというふりをする。その間も、しっかりと聞き耳は立てている。

「……ええ、ええ。だから、卯津貴さんが、自分の家にいらっしゃいと言ってくださったのが、とてもありがたくて。これからのこと、相談に乗ってくださるのよね」

間違いない。この女性が、流田千鶴さんだ。殺された流田健一さんの奥さんだ。卯津貴さんと二、三歳しか離れていないはずなのに、とても若々しいけれど、「龍」だけならまだしも、「卯津貴」という名前まで出てくるのは、偶然ではありえない。

「ええ。ほんのしばらくの間でいいの、卯津貴さんのおうちで、大学の頃に戻ったように、いろんなおしゃべりを聞いてもらえたら。……わかったわ、ここからタクシーで行きます。卯津貴さんはご実家にいらっしゃるのね。一人で行けると思うわ、住所だってわかってるんですもの」

千鶴さんは一大決心をしたような声で言うと、携帯電話をバッグに入れた。その手に少しだけ加齢の兆《きざ》しが見えるが、それでもとても三十歳を過ぎているとは見えない。

千鶴さんは、頼りなさそうな足取りでタクシー乗り場に近づいていく。客に気づかないらしいタクシーの前におっとりとたたずんでいると、やがて、タクシーの運転手が飛び出してきて、恐縮して後部座席に案内した。千鶴さんはにこやかにうなずき、しとやかに乗りこむ。日ごろから人にかしずかれて育ってきたことが垣間見《かいまみ》える。千鶴さんは本当に恵まれた育ち方をしてきたのだろう。

タクシーはこぶし野市街のほうへ走り去った。

咲は無言のまま、それを見送った。ついに一言も、声をかけないまま。

今のとぎれとぎれの会話や千鶴さんの容姿《ようし》そのものからも、窺えるものがたくさんありそうだ。

いかにもはかなげな美人だった千鶴さん。あの人が、アルコール依存の夫に悩んでいると知れば、龍さんでなくても、手を差しのべたくなるだろう。

だが、龍さんは、恋愛感情はないときっぱりと言っていた。千鶴さんが龍さんに何かを期待しても、かなえられないかもしれない。今回の卯津貴さんの対処からすると、自分の異母弟と千鶴さんとの進展を、卯津貴さんは許しそうにない。千鶴さんも、卯津貴さんに逆《さか》らいそうもない。

そう、今、千鶴さんは「大学時代のように」と言っていた。東京の女子大学生として、一人暮らしをしていた卯津貴さん。乗馬サークルで活躍していた。そしておそらく千鶴さんはそのサークルの後輩だったのだ。

ひょっとしたら。健一さんと千鶴さんを引き合わせたのも、卯津貴さんではないか。自分の結婚後、義弟と自分の後輩を引き合わせて。そして、異母弟である龍さんの就職まで世話を焼いて。

卯津貴さんは、これからが本領発揮というところなのかもしれない。

育子さんや由香里さんとは、これからも連絡を絶やさないようにしよう。こぶし野と卯津貴さんは、まだまだ面白くなりそうだ。

やがて、定刻どおりにやって来た電車が、咲を、この奥の深い土地から運び出してくれる。

注　本書はフィクションであり、登場する人物、および団体名は、実在するものといっさい関係ありません。この作品は月刊『小説ＮＯＮ』（祥伝社発行）二〇一八年八月号に第一話を掲載し、第二話以降は書下ろしです。

——編集部

切りとり線

あなたにお願い

この本をお読みになって、どんな感想をお持ちでしょうか。次ページの「100字書評」を編集部までいただけたらありがたく存じます。個人名を識別できない形で処理したうえで、今後の企画の参考にさせていただくほか、作者に提供することがあります。

あなたの「100字書評」は新聞・雑誌などを通じて紹介させていただくことがあります。採用の場合は、特製図書カードを差し上げます。

次ページの原稿用紙（コピーしたものでもかまいません）に書評をお書きのうえ、このページを切り取り、左記へお送りください。祥伝社ホームページからも、書き込めます。

〒一〇一―八七〇一　東京都千代田区神田神保町三―三
祥伝社　文芸出版部　文芸編集　編集長　日浦晶仁
電話〇三（三二六五）二〇八〇　http://www.shodensha.co.jp/bookreview/

◎本書の購買動機（新聞、雑誌名を記入するか、〇をつけてください）

＿＿新聞・誌の広告を見て	＿＿新聞・誌の書評を見て	好きな作家だから	カバーに惹かれて	タイトルに惹かれて	知人のすすめで

◎最近、印象に残った作品や作家をお書きください

◎その他この本についてご意見がありましたらお書きください

100字書評

矢上教授の「十二支考」

住所

なまえ

年齢

職業

森谷明子（もりやあきこ）
神奈川県生まれ。2003年、『千年の黙《しじま》 異本源氏物語』で第13回鮎川哲也賞を受賞してデビュー。図書館を舞台にした『れんげ野原のまんなかで』などの「日常の謎」から、歴史・古典ものまで、幅広い作風で活躍。既刊に『矢上教授の午後』（祥伝社文庫）などがある。

矢上《やがみ》教授《きようじゆ》の「十二支考《じゆうにしこう》」

平成30年8月20日　初版第1刷発行

著者———森谷明子《もりやあきこ》
発行者——辻 浩明
発行所——祥伝社《しようでんしや》
〒101-8701　東京都千代田区神田神保町3-3
電話　03-3265-2081（販売）　03-3265-2080（編集）
03-3265-3622（業務）
印刷———萩原印刷
製本———積信堂

ISBN978-4-396-63551-0 C0093
祥伝社のホームページ・http://www.shodensha.co.jp/